T0278235

.

IMPEDIMENTA

Rumena Bužarovska

Mi marido

Traducción de Krasimir Tasev

Mi marido

Mi marido

Rumena Bužarovska

Traducción del macedonio a cargo de
Krasimir Tasev

IMPEDIMENTA

Título original: *Mojot Maz*

Primera edición en Impedimenta: abril de 2023
Primera reimpresión: julio de 2024

MOJOT MAZ
Copyright © 2014, 2019, Rumena Bužarovska
Todos los derechos reservados
Copyright de la traducción © Krasimir Tasev, 2023
Copyright de la presente edición © Editorial Impedimenta, 2023
Juan Álvarez Mendizábal, 27. 28008 Madrid

http://www.impedimenta.es

ISBN: 978-84-18668-89-0
Depósito Legal: M-117-2023
IBIC: FA   ·

Impresión: Kadmos
P. I. El Tormes. Río Ubierna 12-14. 37003 Salamanca

Impreso en España

Impreso en papel 100% procedente de bosques gestionados de acuerdo con criterios de sostenibilidad.

Mi marido, poeta

Conocí a Goran en un festival de poesía. El cabello había empezado ya a encanecerle; ahora lo tiene completamente blanco, y él alberga la ingenua esperanza de que eso forme parte de su «flamante *sex-appeal*», según me comentó una vez. Lo dijo en broma, claro, pero tengo la sensación de que lo piensa de verdad. En aquella ocasión me dieron ganas de preguntarle si también formaban parte de ese «flamante *sex-appeal*» el pelo raleado o el cuero cabelludo teñido, con un brillo de cera derretida y solidificada, pero me contuve: él no soporta las críticas. Se cabrea con facilidad, y cuando está cabreado se vuelve intratable durante varios días, y hay que dar una muestra de humildad para que deje de ser insoportable, como por ejemplo recitar de forma «espontánea» algún verso suyo.

Hace poco se enfadó conmigo porque me negué a leer los poemas que él había compuesto la noche anterior.

—Ahora no tengo tiempo, dejémoslo para mañana —le dije.

—¿No tienes tiempo para leer tres poemitas? —Percibí la ira en su voz y en seguida me arrepentí de haber rechazado complacerlo. Pero ya era tarde. Cualquier cosa que hubiera dicho habría sido un error. Por eso guardé silencio—. ¡Anda, vete a empollar! —gruñó, y salió con un portazo.

«Empollar» es la palabra que suele utilizar al verme preparando mis clases para el día siguiente. Es decir, en su opinión, si yo realmente supiera de historia, no necesitaría prepararme las clases. «El que sabe, sabe», sentenció un día, mirándome con insolencia a los ojos.

En cuanto a sus poemas, malditas las ganas que tengo de leerlos, y mucho menos de oírlos, pero a veces no me queda otra que pasar por el aro. Cuando todavía estábamos enamorados y no teníamos hijos, a veces, después de hacer el amor, mientras yacíamos sudorosos y jadeando, él me susurraba sus versos al oído. En ellos siempre hablaba de flores, de orquídeas —porque le recordaban «a coños»—, de vientos del sur, de mares, pero también sacaba a colación ciertas especias y tejidos exóticos, como la canela o el terciopelo. Cosas como que yo tenía un sabor a canela, la piel de terciopelo y los cabellos con aroma de mar. Esto último no es cierto: lo sé porque un día mi madre me confesó que mi pelo olía mal. No obstante, en aquellos momentos sus palabras me excitaban muchísimo. Yo ardía en deseos de hacer el amor otra vez, pero a menudo él no podía corresponderme en seguida, de manera que me veía obligada a evocar más tarde las imágenes generadas por sus palabras para reavivar la pasión.

Ahora ya no hace esas cosas, gracias a Dios. Estoy tan harta de su poesía que no me quedan ganas de leer ni un solo verso suyo, y mucho menos de oírlo recitar. Desgraciadamente, lo último no lo puedo evitar, mal que me pese, porque, como ya he dicho, Goran se enfada con facilidad y las peleas con él no me hacen ninguna gracia, sobre todo si se producen delante de nuestros hijos. Desde que dejamos de hacer el amor con tanta frecuencia, le dio por leerme sus poemas en voz alta en lugar de dármelos para que los leyera por mi cuenta. Viéndolo de pie en medio del salón, bajo la intensa luz de la araña que le acentuaba la nariz bulbosa y la tez desaseada, poco a poco me fui dando cuenta de que, en realidad, su poesía no era tan buena. Muchas veces no se refiere a otra cosa que no sea el proceso de la propia escritura. Creo que eso lo excita muchísimo. Hasta sexualmente.

He aquí una muestra:

Ella trae
aromas de otoño
disueltos
como gotas de lluvia en los ojos
las palabras
hacen mía
esta canción

Tal vez no sea el mejor ejemplo, pero es el único que me sé de memoria, puesto que los últimos versos —«las palabras / hacen mía / esta canción»— son los que a veces le recito «espontáneamente» para que se le pase el enfado. O, mejor dicho, los canturreo, lo cual le resulta particularmente halagüeño, porque siempre acarició el sueño de que algún compositor le pusiera música a sus versos. No es capaz de entender que sería una empresa imposible. A sus poemas les falta ritmo y, muchas veces, hasta sentido. No son más que frases huecas, borroneadas en versos sin pies ni cabeza, con el único objetivo de que el ignorante, al encontrarse con palabras exóticas como *canela* o *terciopelo,* los considere el no va más.

¡Dios mío, qué tonta fui! ¡Parece mentira! Es que no me lo puedo perdonar. Me refiero a cómo nos conocimos. Ya he mencionado que sucedió en un festival de poesía. Yo estaba allí en calidad de traductora, ya que, antes de llegar a profesora de Historia, de vez en cuando hacía traducciones para ganar algo de dinero. Una noche, en el vestíbulo del enorme hotel donde estábamos alojados todos los poetas y traductores, nos reunimos para cantar. Ahora sé que todos aquellos poetastros se daban ínfulas: querían demostrar que no solo sabían escribir poesía y que eran unas almas sensibles, sino que, además, entendían de música tradicional, tenían muy buen oído y sabían cantar. Fue allí donde hizo su aparición nuestro Goran. A tono con el espíritu de la noche, llevaba una camisa blanca bordada con motivos tradicionales. Debo reconocer que le quedaba muy bien. Al fin y al cabo, Goran era muy atractivo. Pensándolo bien, sobre todo por eso me enamoré de él. Tenía el pecho como el de una estatua muy bien esculpida, unos hombros, unos brazos fuertes y peludos… que daban ganas de que no te soltase, de que te abrazase todo el tiempo y te llevase a algún lugar apartado. Bueno, pues Goran no estaba sentado con los demás, sino que permanecía de pie, un poco a un lado, apoyado en una pared, observando con la cabeza ladeada. De pronto, aprovechando un instante en que todos guardaron silencio, se irguió y entonó una canción popular (estoy segura de que era «More sokol pie», porque ahora ya sé que no conoce otra). Voceaba de una manera tan teatral, con los ojos cerrados, la cabeza echada hacia atrás y la nuez moviéndosele arriba y abajo en la garganta, que me pareció un gallo haciendo quiquiriquí. Me dio risa, pero al mismo tiempo le miraba los brazos y el pecho, y me lo imaginaba dándome un achuchón. Cuando dejó de hacer quiquiriquí, recibió un aplauso y me miró. Tenía los ojos ligeramente húmedos, probablemente como resultado del esfuerzo que había supuesto su canto de gallo. En aquel momento me parecieron llenos de tristeza. En seguida me dieron ganas de consolarlo. Eso hice por la noche, en su habitación, y así empezó todo.

Nunca dejó de frecuentar los festivales de poesía: asiste a uno cada vez que se lo permiten sus obligaciones laborales, que, por cierto, está descuidando mucho. Puedo imaginarme lo que hace en esos festivales. Para empezar, lleva media maleta llena de sus delgaditos libros de poesía con feas tapas de plástico. Muchos de ellos los tiene traducidos al inglés y a varias lenguas balcánicas, para que los extranjeros puedan entender mejor sus desvaríos. A mí hasta ahora no me ha pedido que le haga traducciones —gracias al cielo—, porque yo no domino ninguna lengua que le interese y, además, me considera una negada para la poesía, cree que no la entiendo debido a que últimamente doy muestras de un claro desinterés por su labor. En cuanto a las traducciones de sus poemas, son horribles. Y no me refiero al contenido —a todas luces inexistente en sus textos—, sino a que están plagadas de incoherencias gramaticales. Todo esto es consecuencia de su tacañería. Quiere que le traduzcan los poemas, pero, de ser posible, sin tener que pagar. Siempre se las ingenia para encontrar a alguna que otra pobre muchachita —a la que probablemente seducirá con su maduro *«sex-appeal»*— que le hace las traducciones gratis o a cambio de una mísera paga. Varias veces lo he oído regatear con ellas, ofreciéndoles como recompensa una decena de ejemplares del libro. Todo esto me hace sentir vergüenza ajena, pero qué se le va a hacer.

Al volver del festival de turno, siempre me enseña fotos hechas con su cámara digital, que él suele entregar a alguien del público para que lo inmortalice. De esta forma ha ido acumulando un montón de imágenes en las que se le ve recitando poesía, de pie delante de un atril con micrófono, sosteniendo en las manos alguno de sus feos libritos. En todas esas fotos sale con su «cara de poeta», como le digo abiertamente, ya que por algún motivo se lo toma como un halago: las dos cejas ligeramente levantadas, una más que la otra, como si estuviera preocupado y conmovido a la vez. Sacando pecho. El cabello siempre recién lavado y, con no poca frecuencia, ondeando al viento de una ciudad costera, cuyos festivales le resultan particularmente atractivos. Hay también fotografías en las que a menudo aparece con mujeres (de hecho, muy raras veces se ven hombres). Las azafatas del festival —chicas jóvenes— no me preocupan. Dudo que les guste, porque debe de ser demasiado viejo y ridículo a sus ojos. Creo que ahora resulta atractivo para otra categoría de mujeres: un poco más corpulentas, con grasa en la cintura y bajo las axilas, donde el sostén se les incrusta en la piel. Llevan blusas rojas o negras muy ceñidas. La mayoría tienen el pelo negro y los labios pintados de rojo. No es raro que lleven sombreros extravagantes. Joyas grandes y brillantes adornan sus dedos y cuellos gruesos. Pretenden irradiar una feminidad madura, un aire de misterio y un aroma de canela, intentan que su voz suene aterciopelada. Allá ellas. Tal vez Goran pueda ayudarles. A mí me importa un bledo.

Pero a veces, de noche, se arrima a mi cuerpo, susurrándome: «¡Orquídea, ábrete!», y yo me abro.

SOPA

Me levanto por la mañana y mi mirada se detiene en el cazo cafetero que él usaba para calentar agua. Justo al lado del bote con azúcar moreno está su caja de té verde. La abro y veo que quedan tres bolsitas. Voy a gastarlas, pienso. Y después, no sé qué voy a hacer. No sé ni siquiera si tirar la caja o dejarla allí, porque es *su* caja de té verde.

El té tiene un sabor amargo y no me gusta. Sé que hay que tomarlo sin azúcar, como era su costumbre. Si fuera un día normal, me lo tomaría dulce. O no, más bien me haría un café, como cada mañana hasta hoy. Pero ahora me tengo que tomar su té, que es amargo e insípido. En este momento, no he de probar nada sabroso. Caliente y amargo, el té es justo lo que me hace falta.

A eso del mediodía viene a verme mi amiga María. Me levanto para abrirle y, cuando volvemos al salón, ella se sienta en mi silla, como siempre. Nunca se le pasa por la cabeza que yo podía haber estado sentada justo ahí. Nunca percibe el calor del asiento bajo su culo, ni se le ocurre preguntarse: «Espera un momento, ¿no estaría sentada aquí mi amiga, no le estaré quitando el sitio?». Así es María. Nunca se hace preguntas. Ahora lleva una minifalda negra, medias finas negras, botas con tacones altos, una chaqueta, una blusa roja a juego con las uñas, se ha puesto pintalabios, rímel, delineador de ojos, purpurina en los párpados, los pendientes le brillan de forma llamativa y se balancean al menor movimiento de cabeza. Viene de la peluquería. Se ha hecho la manicura. Huele a un perfume agresivo, intenso y amargo que me provoca náuseas. Pero es necesario que yo sienta ese malestar, así que tomo asiento cerca de ella.

—Te he traído sopa —me dice María.

—No estoy enferma para que me traigas sopa —le respondo. Sé que sueno maleducada, pero es que acaba de morir mi marido.

—La he hecho hoy para ti. Tendrías que comer más. No vaya a ser que enfermes.

Guardo silencio. No se habrá arreglado tanto para visitarme a mí. Enciendo un cigarrillo.

—Abre un poco las ventanas —me dice como si el piso fuera suyo—. Huele raro aquí.

—Tú sí que hueles raro.

María suspira.

—Tengo cosas que hacer. Volveré mañana.

Sus palabras me suenan como una amenaza.

Me acerco a la ventana para verla partir. Al caminar sobre sus tacones altos, menea el culo a la izquierda y a la derecha. Busca algo en el bolso con sus delgados dedos y sus largas uñas pintadas. Seguramente se oirá un ruido de llaves, cosméticos, paquetes de clínex aromáticos, chicles. Saca la llave y la dirige hacia su coche brillante, recién lavado. Los intermitentes se encienden y el vehículo emite un breve grito, como si estuviera encantado de que María se disponga a entrar en él y conducirlo. Se levanta un cálido vientecillo de primavera y se le mete en el pelo antes de que ella suba al coche. Las hojas nuevas y las pequeñas ramas de los árboles se ponen a murmurar. Como si todas le susurraran: «¡Adiós, María!». Ella sale del aparcamiento y se dirige a algún lugar donde seguramente se reirá como tonta, mostrando sus blancos dientes, bromeando, siguiendo su vida. La calle todavía está inundada de la fresca luz del sol cuando ella desaparece, después pasan rápido un chico y una chica. Van cogidos de la mano. Ríen a carcajadas. La chica besa al chico en el cuello. Detrás de ellos caminan dos adolescentes. Hablan en voz alta, riéndose. Todos llevan poca ropa. El sol les contrae las pupilas de los ojos y les resalta los lunares en los blancos rostros. Cómo no les dará vergüenza, pienso. La vida sigue, salvo para Sveto, que yace bajo tierra. En estos momentos estará empezando a descomponerse. Su cuerpo estará frío, como sacado de una nevera: esa fue la sensación que tuve al tocarlo en el ataúd. La tierra pesará sobre el cajón. Dicen que a los muertos se los comen los gusanos. ¿Cómo entrarán en el féretro?, me pregunto. ¿Surgirán de la nada en el cadáver? ¿Será posible que surjan de la nada? Frente al edificio se detiene un coche con la música a todo volumen. La melodía es alegre y desagradable. Me alejo de la ventana.

Enciendo un cigarrillo y contemplo la sopa de María. Es de pollo, como si estuviera yo enferma. Yo misma solía prepararle sopa de pollo a Sveto. Le encantaba. Se la hacía en una cacerola grande y él se comía tres platos, dos veces al día: en el almuerzo y en la cena. A veces, hasta le daba indigestión con tanta sopa. Preparas la mejor sopa del mundo, me decía. Un día, D. me pidió que le llevara algo de comer. Sveto estaba en la oficina. Puse un poco de su sopa en un bote. Se la llevé a D. Hicimos lo que hicimos. Al volver a casa, vi que me había enviado un mensaje, diciendo que la sopa estaba riquísima. Pero que la próxima vez le llevase un poco más, porque aquel día le había parecido insuficiente para un hombre corpulento como él. Pasó una semana, volví a prepararle sopa a Sveto. En esa ocasión hice más y le llevé la mitad a D., repartida en dos botes. Otra vez me has traído poca sopa, me escribió por la noche. Te pido que la próxima vez me hagas una cacerola entera. Empezó a repetírmelo cada semana. Y así pues, un día, cuando Sveto estaba trabajando, preparé sopa en una cacerola grande. Llené cuatro botes, quedó muy poco en la cacerola. Cuando regresé a casa, por la noche, Sveto me estaba esperando en el salón.

—Cariño, la vamos a tener —me dijo—. ¿Por qué has preparado tan poca sopa?

Llaman por teléfono: es mi madre. Sé que querrá venir a casa para fastidiarme con sus tonterías. Siempre que me visita, procura distraerme de una u otra manera, alejar mis pensamientos de lo que me sucede: me comenta no sé qué cosas de sus amigas, de los nietos —los hijos de mi hermano—, y a veces hasta de política. Eso me saca de quicio. A pesar de todo, cojo el teléfono y accedo a que venga a visitarme. Tal vez así por fin se dé cuenta de que no quiero verla, ni a ella ni a nadie.

Llega al anochecer. Reconozco sus pasos cuando entra en el portal. Camina como un soldado. Sus pisotones podrían despertar a cualquiera, si no de la muerte, del sueño más profundo. En el entierro caminó de la misma forma, como un militar: ni siquiera en ese momento supo comportarse. Llama a la puerta varias veces, queriendo anunciarme que es ella. El timbre suena breve, entrecortado, agresivo. Decido no levantarme en seguida del sofá. La dejo esperar un rato delante de la puerta, ojalá se percate de que no es bienvenida. Vuelve a sonar el timbre y, para evitar que siga crispándome los nervios, termino por levantarme para abrirle.

—Aquí apesta a tabaco —observa nada más entrar, y va abriendo una tras otra las ventanas y la puerta del balcón.

—Déjalo —le digo, a sabiendas de que mis palabras no tendrán ningún efecto. Siempre que viene, se comporta como si estuviese en su casa: traslada mis cosas de un lugar a otro, pone orden, abre puertas y ventanas.

—No deberías fumar tanto —se vuelve hacia mí después de dejar abierto todo lo que se puede abrir. El apartamento queda inundado por los fulgores anaranjados del sol, que va camino del ocaso. Entra un aroma a tilos en flor. También la naturaleza sigue su vida, sin importarle que Sveto esté en la tumba, pienso indignada.

—Haré lo que me dé la gana —le respondo, encendiendo otro cigarrillo.

Se sienta a mi lado con un suspiro.

Se pone a hablar de su amiga Mira, de lo mal que la trata su jefe: durante un buen rato se resistió a darle un día libre, aunque ella se lo estaba pidiendo para asistir a la boda de su hijo. Al final el jefe cedió, pero sin reconocérselo como un día pagado, y cosas por el estilo. No la escucho, como siempre. Mis ojos se detienen en las arrugas de sus labios. Fumó durante muchos años y le han quedado surcos de tanto chupar los cigarrillos. Son particularmente visibles en el labio superior, cuando lo contrae para pronunciar las vocales «o» y «u». Ahora tiene los surcos llenos de un pintalabios naranja que le queda fatal porque le resalta la tez amarillenta. Cuando abre más la boca para pronunciar las vocales «e» y «a», le veo la lengua de anciana, recubierta de una sustancia blanca, como si estuviera enferma, como si le apestase el aliento, aunque no le apesta (y debería). Veo que tiene roto uno de los colmillos del maxilar superior. Del resto de sus dientes, los que son naturales los tiene amarillentos, y aquellos que llevan una corona lucen ennegrecidos cerca de las encías en estado de incipiente retroceso. Estas también se ven viejas y malsanas.

—Deberías ir al dentista —la interrumpo.

Mi madre se mira las manos juntas en el regazo, las manchas de la vejez que ya han aparecido en ellas. Calla.

—Y cómprate un pintalabios de mejor calidad. Este se te corre entre las arrugas. Si te vieras la boca… —le digo. Siento que soy cruel, pero me importa un comino que sea mi madre.

Sigue mirándose las manos avejentadas. Veo que se ha puesto lápiz en los ojos y que también este se le ha corrido en las arrugas. Me dan ganas de decírselo.

—¿De dónde voy a sacar tanto dinero ahora, hija? —me dice y levanta la mirada.

Creo que tiene lágrimas en los ojos. ¿Qué derecho tiene ella a llorar?, pienso, y vuelvo a mirarle las manos. Me doy cuenta de que tiene un agujerito en la manga y de que su blusa está raída. Sin decir nada enciendo otro cigarrillo.

—¿Has comido hoy, hija? —pregunta con una voz suave que no le conocía antes del entierro de Sveto.

Hago un gesto desdeñoso con la mano.

—¿Quieres que te prepare algo? Podría salir a comprarte cualquier cosa. Debes alimentarte, cariño —me dice, y me coge de la rodilla. Del contacto con su mano se me eriza la piel. Estoy harta de ella y de la tristeza que se supone que he de sentir. Porque soy cruel.

—María me ha traído sopa.

—¿Te la has comido?

—No. Si quieres, cómetela tú. Yo no tengo ganas.

Mi madre se levanta y se dirige a la cocina. Desde el salón puedo verle la espalda. La veo encender la estufa y poner al fuego la cacerola que María me ha traído envuelta en un estúpido paño para evitar que se le abra la tapa. Después se apoya con las dos manos sobre la placa y levanta la cabeza hacia arriba, como para estirar el cuello. Oigo un sollozo ahogado. Luego baja la cabeza. Se va hacia la derecha, supongo que al baño, donde permanece un rato, mientras yo sigo sentada en el sofá, fumando.

Mi madre vuelve a la cocina, oigo ruido de platos y cubiertos. Pone algo en la mesa. Abre aparadores. Vuelve a cerrarlos con estruendo: nunca puso demasiado cuidado en esas cosas. Cuando yo era pequeña y ella me secaba el cabello, siempre me arrancaba algún pelo o me dejaba arañazos con las uñas.

—Ven a hacerme compañía. —La oigo sentarse a la mesa de la cocina. No me queda otra. Si come, pienso, tal vez después se vaya y, además, así no tendré que tirar la sopa.

En la mesa hay dos platos llenos: tendría que haberlo adivinado.

—Pero que ya te he dicho que no quiero comer —le digo enfadada y le doy una calada fuerte al cigarrillo.

—Puede que se te despierte el apetito cuando me veas comer a mí. No tienes que forzarte si no quieres. Tiraremos la sopa, no te enfades —me contesta, y se sienta en su silla.

Del plato sale humo. Como era de esperar, ha calentado demasiado la comida. Siempre igual. Cuando era pequeña, no sé cuántas veces me quemé la lengua con sus humeantes platos. Los recalienta para hacerte un favor, pero en realidad te hace daño.

—¡Cuándo vas a aprender a no calentar tanto la comida! ¿Quieres que me queme? —le digo con rabia al sentarme a la mesa—. No es que piense comer, pero si tu plan era engatusarme para que lo haga, no tenías que haber hervido la sopa, ni dejarla hecha un puré —hablo de forma atropellada.

Mi madre sigue sin decir palabra. Acaricia el mango de la cuchara que ha dejado sobre la servilleta, y yo vuelvo a fijarme en sus manos avejentadas desde hace poco, en sus uñas ásperas, sobre las que se han formado largas estrías verticales.

Lanza un suspiro.

—¿Te acuerdas del día cuando estabas cuidando a tu hermano y, al tratar de recalentarle el guiso que había quedado del almuerzo, te quemaste? —me pregunta.

—No muy bien, pero sé que mi cicatriz es de entonces. —Se me ocurre que, compartiendo este recuerdo, tal vez consiga mortificarla un poco.

—A verla —me dice.

Le muestro la mano izquierda. En la base del pulgar tengo una mancha rosa en forma de conejito. Mi madre trata de besármela, pero me da asco, retiro la mano y la dejo caer en mi regazo.

—Tu padre estaba de viaje, en un seminario. Iba a regresar a la mañana siguiente. Me quedé sola con vosotros. Primero había acordado que os cuidara tu tía, después tu abuela, pero en el último momento me dijeron que no podían. Y yo tenía una cita con un amigo. —Hizo una pausa, tragó saliva—. Se habría enfadado mucho si yo le hubiera dado plantón. Estaba perdidamente enamorada de él —dijo mirándome a los ojos—. Estaba como hechizada. Me escabullía del trabajo para verlo o, si había con quien dejaros a tu hermano y a ti, me quedaba una hora después de terminado mi horario laboral solo para inhalar su olor.

Mientras mi madre habla, siento que la mente se me va vaciando.

—Por eso te pedí que cuidaras a tu hermano, prometiéndote que volvería en dos horas. Pero pasaron tres y tu hermano quiso comer. Entonces tú decidiste calentarle el guiso del almuerzo, porque yo te había dicho que le dieras algo si le entraba hambre, pero se me olvidó darte instrucciones más precisas. De vuelta a casa, desde la primera planta del edificio percibí el olor a quemado. Subí las escaleras a la carrera, incluso me rompí un tacón. Oía tus chillidos y el llanto de tu hermano. Cuando llegué al apartamento, encontré toda la cocina llena de humo blanco. Vi la cacerola volcada en el suelo y el guiso derramado por todas partes. Te oí dando voces desde el baño. Entré —en este punto los dedos de mi madre aprietan la cuchara con fuerza— y te vi con la manita bajo el chorro de agua fría del grifo, llorando a grito pelado. Tu hermano, diminuto como una semilla de guisante, estaba abrazado a tu pierna. Tenía la cara roja y húmeda por el llanto. Al verme, corrió hacia mí y se me agarró a las rodillas. Lo tuve que apartar en seguida, porque justo entonces tú te giraste y vi tu boquita deformada, tus ojitos hinchados por las lágrimas, el rostro congestionado como nunca. Tu hermano se golpeó contra la lavadora y empezó a llorar aún más fuerte. Cuando te percataste de mi presencia, diste un grito y te pusiste a brincar, chillando «duele, duele, duele», y fue entonces cuando advertí que tenías la manita hinchada por la quemadura. En ese momento quise morirme, hija —concluye mi madre y agacha la cabeza. Se cubre los ojos con su mano de anciana.

Siento que se me empaña la mirada y oigo algo caer en el plato de sopa delante de mí. Tomo la cuchara y empiezo a comer.

Adúltero

Mi marido tiene una amante. He aquí cómo me enteré: antes de meter sus pantalones en la lavadora, suelo revisar los bolsillos. Normalmente encuentro monedas, chicles masticados envueltos en hojas de papel, tabaco. Pero en aquella ocasión, además de todas esas cosas, saqué un recibo. Lo alisé. «Marlboro, Orbit, Dure#s.» ¿Dure#s? Me pregunté qué podría ser eso. El precio del producto era 114 denares. De pronto, horrorizada, caí en la cuenta de que debían de ser Durex. Es decir, preservativos. Chicles Durex no existen, pensé. Cigarrillos, tampoco. Agua mineral con ese nombre, menos aún. Decidí indagar en el asunto, para estar segura de que se trataba efectivamente de condones y poder restregarle el recibo en las narices. Volví a examinar la hojita y localicé la dirección. Gasolinera Makpetrol, barrio de

Avtokomanda. Nosotros vivimos en Vlae. Después de poner la lavadora, subí al coche y fui a la gasolinera Makpetrol en Avtokomanda.

Una vez allí, pregunté si tenían condones. Me daba corte, pero el temor a lo que podía descubrir me infundió un poco de coraje. Encontré los de la marca Durex. Se los entregué a la cajera. Pagué. Me dio el recibo. Allí ponía *Dure#s*. 114 denares. Gasolinera Makpetrol, Avtokomanda.

Regresé a casa. La lavadora había terminado el ciclo. Tendí la ropa de mi marido y la de nuestros hijos. Me reproché mil veces que no se me hubiese ocurrido olisquear primero las camisas o averiguar si en alguna parte quedaban manchas de pintalabios, como había visto en las películas. En eso estaba pensando mientras colgaba la ropa en el tendedero. Vi que eran ya las siete. Él me había dicho que tenía que asistir a una cena de negocios, así que aquella noche recalenté la comida del día anterior para los niños. Después me senté en el salón a esperarlo. Tenía guardados el recibo y los condones en el bolsillo del jersey. Pronto lo oí introducir la llave en la cerradura, dar unos pasos por el pasillo, dejar el maletín y colgar el abrigo en el perchero. Sentía mi corazón latir acelerado mientras pensaba qué decirle y qué hacer si comprobaba que de verdad tenía una amante.

—¡Taniaaa! —gritó desde el pasillo—. ¡Ven en seguida! —ordenó enfadado.

Fui corriendo.

—¿Por qué hay agua aquí? —preguntó señalando con el dedo un pequeño charco al lado de las pantuflas.

—No sé —dije sorprendida—. Será del paraguas de Aneta. —Se me ocurrió que también podría haber sido del paraguas de Sasho.

—¿Y a qué esperas para limpiarla? —dijo entrando en el salón. Nada más sentarse en el sofá, cogió el mando de la tele y empezó a zapear, mientras yo me ocupaba del charco.

Me arruinó el plan. Yo tenía pensado obligarlo a sentarse frente a mí. Le habría dicho: «Zoran, siéntate, necesito que hablemos un rato». Luego, con determinación, habría empujado el recibo por la superficie de la mesa, habría dado un par de toques con el dedo donde ponía *Dure#s* y le habría preguntado: «¿Qué es esto?». Después, ya no sabía qué habría pasado.

Lo que ocurrió en realidad, sin embargo, fue lo siguiente: después de limpiar el charco del pasillo, entré en el salón y me senté en la butaca frente a él.

—Zoran —lo llamé. Él no me miró—. Zoran —repetí.

—¿Mmm? —murmuró sin dejar de mirar la tele, tan solo levantando un poquito la barbilla en mi dirección.

—He encontrado esto en tu bolsillo —le dije, sacando el recibo. Pero como las manos me temblaban, tiré el papelito sobre la mesa y en seguida las junté en el regazo.

—¿Qué es esto? —preguntó, tras echarle una breve ojeada y volver a clavar la mirada en la tele.

—Un recibo —le contesté tratando de dominar mi voz—. ¿Por qué compraste preservativos? —me decidí a preguntar.

Por fin logré desviarle la atención de la tele.

—¿Qué preservativos? —Se incorporó un poco y cogió el recibo. Lo alejó de sus ojos porque necesitaba gafas de cerca.

—Compraste cigarrillos, chicles y Durex de la gasolinera en Avtokomanda. ¿Qué hacías allí? ¿Por qué compraste condones?

—Pero ¿qué te pasa? ¿Estás enferma o qué? —me dijo tirando el recibo sobre la mesa. Me miraba con desprecio. Yo no sabía qué decir. Apreté los labios para no echarme a llorar—. ¿Cómo coño voy a saber de dónde tengo ese recibo? Y, para empezar, ¿cómo sabes que es mío?

—¡Estaba en tu bolsillo!

—¿Y qué? Puede que lo haya cogido por error en la tienda…

Eso tenía cierta lógica. Pero después me acordé de los cigarrillos y los chicles.

—Entonces ¿por qué los cigarrillos y los chicles son los que tú sueles comprar?

—Pero ¡qué estúpida eres! ¿Acaso soy el único que fuma esta marca de cigarrillos y que come chicles? Venga ya —me dijo, volviendo a recostarse contra el respaldo del sofá con el mando de la tele en la mano. Seguía con el ceño fruncido.

Yo estaba callada, sin saber qué decir.

—Otra vez con tus tonterías —murmuró con enojo—. Siempre imaginándote cosas, poniendo la oreja, fisgoneando, husmeando.

—No es cierto —respondí.

—Ah, ¿no? ¡No me digas! —replicó con desprecio—. Estás mal de la cabeza. ¡No me puedo creer que hurgaras en mis bolsillos!

—No, revisé tu ropa antes de ponerla en la lavadora, por si te habías dejado algo…

No me dejó terminar:

—¿En serio? ¿Quieres decir que nunca me revisas el móvil, ni lees mi correo electrónico?

—¡Eso fue una sola vez! —mentí, y rompí a llorar en defensa propia.

—¡Deja de gimotear, loca! Siempre inventándote chorradas —dijo poniéndose de pie.

Fue a ducharse. A la media hora me llamó para que le llevara los calzoncillos, una camiseta y el albornoz.

Después de aquel día empecé a inspeccionarle el móvil más a menudo, aunque ahora lo tenía complicado. Él lo llevaba siempre guardado en el bolsillo y casi nunca lo dejaba sin supervisión en el apartamento. Las veces que sí, yo tenía que apresurarme a mirar si había recibido mensajes, pero no alcanzaba a revisarlo a fondo, porque no estaba familiarizada con ese modelo y siempre me veía obligada a dejarlo en la mesa antes de haber terminado, para darle tiempo a que se le apagara la pantalla. Y a su correo electrónico ya no tenía acceso, porque había cambiado la contraseña. Traté de adivinar cuál podría ser la nueva: la anterior era su nombre y su año de nacimiento, demasiado fácil. Probé con los nombres de sus hijos y sus respectivas fechas de nacimiento, pero nada.

En cierto momento incluso lo intenté con el mío, en distintas combinaciones —Tania, Tanita, Tatiana—, pero tampoco funcionó. Al principio creí que, si él decidía poner como contraseña el nombre de alguien, probablemente sería el de alguno de nuestros hijos, pero me llevé un chasco. Lo único que conseguí con mis obstinados intentos fue bloquearle el buzón. Él no me comentó nada al respecto y eso me pareció sumamente sospechoso. ¿No pensaría que podría haber otra mujer intentando fisgonear en su correo y por eso no me dijo ni una palabra? Esas cosas las venía yo haciendo mucho antes de enterarme de la amante de marras. En aquella época no tenía noticia de ninguna, pero leía sus correos electrónicos y le revisaba el teléfono con regularidad. Porque no me fiaba.

La segunda señal la detecté unos diez días más tarde, cuando una noche volvió del trabajo a las tantas. Me había avisado de que iría a una cena y de que regresaría tarde, porque tenía que cerrar un trato con no sé qué gente de negocios de Suiza. Me había dicho que, si hacía falta, los pasearía por toda la ciudad, de modo que se retrasaría. Volvió a las dos de la madrugada. Desde luego, yo estaba despierta, pero me hice la dormida. Lo oí entrar, ponerse las pantuflas, colgar el abrigo y pasar al baño. Durante un buen rato dejó el grifo abierto: se estaba lavando. Normalmente no tarda tanto. Luego fue al salón y puso la tele. Se quedó dormido allí mismo. Me acerqué a él y lo besé. Se sobresaltó. «Pero ¿qué haces? ¿Por qué me despiertas?», balbució enfadado. Probablemente le sorprendería que lo besase. Mi verdadera intención, sin embargo, fue olisquearlo, no besarlo. Olía a jabón, pero también a perfume de mujer.

La tercera señal de que sin duda pasaba algo raro estaba relacionada precisamente con su teléfono. En realidad, fueron dos señales a la vez. Las descubrí de la siguiente forma: después de volver a casa, Zoran fue a echarse un rato. Me pidió que lo despertara a las ocho y cuarto, porque tenía una cena con no sé qué socios suyos. Dijo que habían quedado a las nueve, una hora muy poco habitual para sus cenas de negocios. Pero entonces me llamó mi madre para invitarme a su casa a tomar café: quería verme, lo cual no ocurre muy a menudo. Le encomendé a mi hija que despertara a su padre. La verdad es que yo no tenía muchas ganas de despertarlo: intuía que él no pensaba ir allí donde decía que iría. En aquel momento no quería reconocérmelo a mí misma. Pues bien, cuando volví de casa de mi madre, él seguía durmiendo, a pesar de que eran casi las diez. Mi hija no estaba. Vi que me había mandado un mensaje, diciendo que iba a salir y que despertara a papá por teléfono yo misma. Entré en el dormitorio y lo llamé. Se levantó despeinado y malhumorado, como siempre. «¿Qué hora es?», preguntó soñoliento. «¡Por qué no me has despertado antes!», gritó cuando supo que llevaba cuarenta y cinco minutos de retraso. Primero quise explicarle, pero luego me di cuenta de un detalle importante: ninguno de sus compañeros lo había llamado para preguntarle dónde estaba. «¿Y cómo es que no te han buscado hasta ahora tus amiguetes, si es tan tarde?», le pregunté, mirándolo intrépida. Por primera vez en la vida lo vi desconcertado. Ni siquiera me respondió, se limitó a salir furioso de la habitación para entrar en el baño, donde dejó correr el agua del grifo un buen rato. Me quedé sentada en la cama de matrimonio, mirando alarmada mis pies. Él había dejado el teléfono en la mesita de noche, pero yo no me di cuenta hasta que le llegó un mensaje. Solo eché una mirada a la pantalla: un número sin nombre. El texto era: «???». Después la pantalla se apagó. Pero me dio tiempo de memorizar el número.

Sola no sería capaz de averiguar nada, por eso decidí confiarme a mi amiga y vecina Sandra. Sandra y yo teníamos la costumbre de tomar café juntas todos los días sobre las seis. Si mi marido estaba en casa, quedábamos en la suya. Ella es viuda. Al día siguiente se lo conté todo y Sandra se ofreció a llamar a aquel número que yo había memorizado primero y apuntado después. Queríamos averiguar si se trataba de una voz masculina o femenina. Y, de ser posible, saber incluso el nombre. Pero la tarea no era nada fácil: ¿cómo hacer que la persona a la que uno llama se presente? Sandra, sin embargo, estuvo increíble, ni se preparó ni lo habló antes conmigo: cogió el teléfono y llamó con determinación.

—¡Hola, buenas tardes! —dijo, muy formal y segura de sí misma—. Tengo una perdida de este número. ¿Con quién hablo? —Hubo un silencio—. Yo, Sandra Stoyano-vska —dijo, dando un apellido falso—, ¿y usted? —preguntó educadamente, con una sonrisa que se le traslucía también en la voz. Otro breve silencio—. Disculpe, debe de ser un error. De verdad, no sé qué ha pasado. En todo caso, siento mucho haberla molestado —dijo, y colgó.

—Emilia —dijo mirándome preocupada—. ¿La conoces?

Tardé un rato en comprender qué era lo que me preguntaba Sandra. Me sacudió el codo.

—¿Estás bien? —me preguntó y fue a traerme un vaso de agua, insistiendo en que me lo bebiese. Sentí una agitación en el vientre y, al mismo tiempo, un vacío por dentro. Esa es la sensación cuando se le revuelven las entrañas a una, pensé.

—Hay una tal Emilia que trabaja con él —le dije a mi amiga. Mi malestar fue en aumento a medida que iba recordando los detalles que mi marido había mencionado por casualidad—. Una asistenta joven. Es decir, mucho más que yo. —Tenía que tomar agua cada dos por tres, porque la boca se me quedaba seca constantemente—. Un día me comentó que tenían gente joven muy ambiciosa en el equipo. Gente nueva. Hace menos de un año la empresa contrató a unos cuantos —dije, tratando de figurarme qué aspecto tendría ella, pero nunca había visto ninguna foto suya. Me la imaginé no muy alta, delgada, con la nariz pequeña y fina, los ojos azules, el pelo claro con mechas rubias.

* * *

35

Los dos días siguientes estuve vomitando a cada rato. En casa creyeron que estaba enferma. Me pasaba todo el tiempo en la cama, levantándome solo para preparar la comida y la cena, y por la mañana, claro, para darle una camisa limpia y pantalones a Zoran, elegirle calcetines a juego con el traje, hacerle el nudo de la corbata, prepararle el café y acompañarlo hasta la puerta. Mientras él se duchaba en el baño grande, yo vomitaba en el váter para invitados. Sandra me había aconsejado que, antes de tener pruebas, bajo ningún concepto le revelara lo que pensaba. En secreto deseaba que me viese vomitar, para que supiera que me había enfermado por culpa suya. Pero él no se enteraba de nada. Por la mañana, antes de ir a trabajar, suele estar de mal humor. Y por la noche, regresa exhausto. Ambos días volvió a casa muy tarde. No cogía el teléfono cuando yo lo llamaba, o lo cogía solo para decirme que estaba en una reunión. Por la noche olía a perfume de mujer. En una ocasión, del hedor que despedía —no sé si de verdad o si me lo imaginé— tuve náuseas y volví a vomitar en el váter, pero cuando regresé a su lado, él ya estaba durmiendo y no se dio cuenta de que me sucedía algo raro.

Sandra tardó dos días en averiguar quién era Emilia y qué había entre ella y Zoran, si es que había algo. Me dijo que conocía a gente que trabajaba en la empresa y podía sacar alguna información, escarbar en el asunto. Fui a su casa so pretexto de tomar café, aunque tenía el estómago hecho una bola del tamaño de una nuez.

Sandra parecía preocupada. Me invitó a que me sentara y, tomándome de la mano, me miró a los ojos. Acto seguido, me lo contó todo: corrían rumores sobre los dos, se quedaban en la oficina hasta muy tarde trabajando en no sé qué proyectos, y ella acababa de ascender en la empresa, probablemente gracias a él. Eso sí, añadió Sandra, se decía que a ella talento no le faltaba. Tenía veintisiete años. Es decir, catorce menos que yo, calculé, y diecisiete menos que él. Pronto le saldrían estrías, celulitis, grasa en el vientre y en los muslos. Todavía no ha parido, la muy zorra, pensé.

Sandra me tomó de la mano:

—Lo importante es que pienses en positivo. Todo se arreglará. El cosmos nos devuelve la energía. Recibe la buena energía cósmica y libérate de la mala, así tu alma encontrará el equilibrio. Respira por la nariz —me dijo, cerrando los ojos. Luego levantó la barbilla y se puso a respirar hondo y a acariciar el aire delante de ella con la mano derecha siempre que inhalaba. Yo también aspiré por la nariz. Una, dos, tres veces—. Ahora se te despejará la mente —añadió, mientras la palma de su mano le transmitía calor a la mía—. Te voy transfiriendo energía —dijo, como si me hubiera leído los pensamientos—. ¿Lo notas?

Asentí con la cabeza. Después le dije:

—Por favor, dame su teléfono fijo para que la llame. Quiero oír su voz.

La estuve llamando tres días seguidos. Llamaba y colgaba. Descubrí un truco para ocultar mi número. Tan pronto como ella cogía el teléfono, yo colgaba. Después encontré también su número de casa. Cuando llamaba allí, me contestaba una voz débil, temblorosa.

—Hola, ¿está Emilia?

—¿De parte de quién? —En ese punto yo colgaba.

—Su madre tiene esclerosis múltiple, viven las dos solas. El padre tiene otra familia. Imagínate, en vez de quedarse en casa para cuidar de su madre, trabaja —dijo Sandra, dirigiéndome una mirada que destilaba desprecio.

Yo la miré con la misma expresión. ¿Qué más sabía yo de la pequeña zorra de Emilia? Que no cuidaba a su madre como es debido y que en el instituto había roto con su novio tras una relación de tres años, hundiéndolo en una depresión tan devastadora que él había llegado a plantearse el suicidio. Esa fue la única información comprometedora que conseguí reunir. Y, por supuesto, que se estaba follando a un hombre casado, padre de dos hijos, diecisiete años mayor que ella.

Esto último fue lo que le espeté a su madre a la mañana siguiente, cuando la llamé por teléfono. Por la tarde Zoran regresó del trabajo antes de lo normal. Tenía la cara cenicienta y estaba de muy mala leche.

—¡Otra vez le has echado zanahoria a la sopa! —se puso a gritar desde la cocina, nada más sentarse a la mesa—. Sabes que odio la zanahoria —se desgañitaba.

—Es que creía que no ibas a cenar en casa, perdona —farfullé. Pero de alguna manera sentía que no me estaba gritando por la zanahoria.

—¡Eres una inútil! Además de preparar la comida, ¿se puede saber qué otras obligaciones tienes? ¿Eres capaz de hacer al menos una cosa como Dios manda? —bramó.

Rompí a llorar a moco tendido.

—¿Qué te pasa ahora? ¿A qué vienen esas lágrimas? —me dijo en un tono algo más tranquilo, pero con la cara todavía cenicienta.

—Tienes una amante —conseguí pronunciar a duras penas.

Vi cómo su tez se tornaba aún más gris.

—¿Perdón? —dijo, como siempre que se enfada conmigo. Me instaba a repetir aquello que me daba tanto miedo articular.

—Tienes una aman… —No llegué a terminar la frase, porque de repente me dio un hipo, lo cual no hizo más que intensificar mi llanto.

No tenía fuerzas para mirarlo a la cara. Lo conocía muy bien: cuando estaba furioso, el color le cambiaba constantemente del gris al rojo y viceversa. Y ahora estaba segura de que él sabía que era yo la que estaba detrás de las llamadas a su amante. Y, encima, él sabía que yo lo sabía. Y es que ahora yo *sabía* que no me equivocaba. De las veces anteriores no puedo estar tan segura: es posible que sí hubiera exagerado, como afirmaba él, ya que a lo largo de todos esos años no había encontrado ninguna prueba; en realidad, en aquella época regresaba a casa nada más terminar de trabajar y jugaba con los niños. Por entonces hasta hacíamos el amor.

—No pienso justificarme por algo que no es cierto. Otra vez inventándote cosas —sentenció, girando la mano varias veces en el aire como si estuviera enroscando una bombilla imaginaria, queriendo decir que me faltaba un tornillo.

De repente fui presa de un tremendo pánico. Creí que, si no seguía gritando y llorando, me moriría. Me importaba un bledo que él también se pusiera a vociferar, que nos oyeran nuestros hijos en la habitación contigua, que me pegara o me tirara al suelo de un empellón.

—E-mi-lia —sollozaba yo, articulando a duras penas las palabras—, la del trabajo. Lo sé. ¡Lo sé! —me desgañitaba. Grité «¡Lo sé!» varias veces.

No recuerdo muy bien lo que pasó: él rompió un plato, yo limpié la cocina. Él salió y yo me encerré en el dormitorio, me tomé dos diazepams y me dormí. Los chicos estaban en su cuarto. Ya no eran tan pequeños. Se las arreglarían de alguna forma para prepararse la cena solos.

Los días que siguieron no nos hablamos. Raras veces contestaba a mis llamadas, y cuando lo hacía, era muy brusco: estoy trabajando, tengo una reunión, estoy en una cena de negocios. Volvía a casa al anochecer, solo para dormir, y se acostaba en el sofá del salón. No comía en casa. Al regresar, olía a kebab, aguardiente y perfume de mujer, el perfume de la zorra de Emilia. El móvil de ella seguía apagado. Y el teléfono de su casa, desconectado.

* * *

Un día Sandra me estaba leyendo el futuro en una taza de café. Al coger la taza, anunció:

—Tienes un enorme pesar del que emerge serpenteando un gran plan. Pero el plan, como una gigantesca ola, se encuentra con un obstáculo. Debes destruir ese obstáculo, al igual que la ola lo destruye todo a su paso, si quieres realizar lo que te propones. Al otro lado del obstáculo te esperan liberación y arrepentimiento. Alguien se arrepentirá: distingo una figura llorando. ¿La ves? —me preguntó mostrándome la taza.

No vi más que el poso negro: a un lado del fondo se había acumulado más que al otro, y había unas cuantas manchas dispersas.

—Sandra, tengo que seguir algún día a Zoran para saber adónde va y dónde vive la puta esa que me quiere arruinar la vida —me oí a mí misma decir, de repente—. Te pido que, por favor, vayamos en tu coche. Yo me ocultaré en el asiento trasero. Tú conducirás. ¿No tendrás por casualidad una peluca?

Sandra aceptó participar y al día siguiente las dos fuimos a una perfumería para comprar pelucas. La suya, larga y rubia; la mía, negra y corta, con flequillo. Dejamos su coche en el aparcamiento frente a la empresa de mi marido. Llegamos a las cinco, cuando terminaba su horario laboral. Su todoterreno estaba allí. Paramos no muy lejos de él. Me instalé en el asiento trasero, para poder esconderme cuando apareciera. Esperamos fumando cigarrillos y haciendo ejercicios de respiración. Sandra me hablaba de la importancia de tener una energía equilibrada y de cómo lo conseguía ella. Qué tipo de ejercicios de meditación hacía, con quién conversaba, qué leía. Me recomendó un par de libros sobre equilibrio energético, dijo que me ayudarían en ese difícil viaje mío, como ella lo llamaba. A ratos me asaltaban remordimientos por involucrarla en toda aquella historia, pero muy rápido conseguía ahuyentar esos pensamientos de mi mente. Estaba demasiado abatida como para preocuparme por Sandra. Tenía el estómago revuelto y todo el tiempo emitía borborigmos; llevaba así desde que había encontrado el recibo en el bolsillo de Zoran. Por fin apareció, al cabo de dos horas de espera. Caminaba con ligereza, me dio la impresión de que sonreía. Escondida tras el respaldo del asiento delantero, yo lo espiaba. Subió al todoterreno. Encendió el motor, pero sin arrancar. Estaba esperando. Entonces la vimos. Salió corriendo del edificio, mirando al suelo. No era como me la había imaginado. «Se parece a ti», comentó Sandra. Solo que es más joven, pensé. Algo extraño ocurría en mi cuerpo: en la garganta se me formó un nudo, y la cabeza empezó a darme vueltas, pero después, de forma repentina, todo se me pasó.

—¡Arranca! —le dije a Sandra cuando los vi partir.

Los seguimos hasta el barrio de Avtokomanda. Allí aparcaron en un pequeño estacionamiento frente a un edificio de estilo soviético. Sandra y yo paramos un poco más lejos y esperamos. Permanecimos allí diecisiete minutos. No alcanzábamos a ver lo que pasaba dentro del vehículo, porque un año atrás Zoran había tintado los cristales. Ahora me pregunto por qué lo haría. Me dieron ganas de acercarme a ellos y tocar en las ventanas. Le comenté a Sandra lo que me proponía, pero ella me lo desaconsejó, dijo que era todavía demasiado pronto para dar un paso como ese. Se ve que no quería complicarse demasiado. Ahora creo que no hubiera debido hacerle caso, que habría sido mejor sorprenderlos in fraganti allí mismo. Al final, la zorra aquella se bajó del coche y entró en uno de los edificios. Portal 2-A. No sabíamos ni la planta ni el piso, pero eso era fácil de averiguar.

Continuamos en pos de Zoran. Paró en el barrio de Debar Maalo. Sandra se bajó y fue tras él. Volvió a los quince minutos con la noticia de que él se había sentado en un bar, a solas, y había pedido algo de comer.

—Te he pillado —le dije cuando volvió a casa y se tumbó en el sofá para ver la tele.

Me dirigió una mirada desconcertada, interrogante. Sentí brotar dentro de mí una fuerza formidable, mezclada con pánico.

—Ya lo sé todo. Os vi cuando la llevaste a su casa. A Avtokomanda.

Esta vez toda la sangre se le retiró de la cara: no estaba ni cenicienta ni roja.

—Esto tiene que terminar. No pienso dejar que un *putón* verbenero me destruya el matrimonio —dije, sintiendo que empezaba a alzar la voz.

—Pero ¿qué coño te pasa? —El color rojo de su cara iba volviendo poco a poco. La papada le temblaba.

—O la dejas, o hablo con el director general en Sofía. Os pondrá a los dos de patitas en la calle. —Opté por ese tipo de amenaza porque no quería echarlo de casa. No le iba a permitir que me dejara sola con los niños.

—Estás completamente *loca* —empezó a gritar. Dio un puñetazo sobre la mesita de cristal del salón y la hizo trizas. Me asusté, el valor se me desvaneció—. ¡Me *has seguido*! —vociferó—. Cuando yo estaba llevando a una compañera de trabajo *a casa*. Que es una cosa completamente *normal*. ¡Si es mi compañera, trabajamos juntos!

Estaba de pie, gritándome a la cara, inclinado sobre mí.

—Tú *vives* de lo que yo gano. Con el dinero que *yo* traigo a casa vas de *vacaciones*, al *salón de belleza*, a hacerte la *manicura*, la *pedicura*. Tienes un coche *caro*. Te compras *ropa cara*. ¿Y ahora pretendes entrometerte en mi trabajo? ¡Idiota de mierda, hija de la gran puta!

Después de gritarme eso, agarró el abrigo, se puso deprisa los zapatos y salió.

Como pasamos los días siguientes sin intercambiar palabra, y él otra vez regresaba tarde o salía por la noche, yo ideé otro plan. En casa encontré un dictáfono viejo, que mi hija había usado tiempo atrás para grabar programas de radio imaginarios. Esperé a un día en que él regresó temprano del trabajo, sabiendo que iba a salir de nuevo. Bajé a la calle y dejé la grabadora en el todoterreno, bajo el asiento del copiloto. La encendí. A la mañana siguiente, tras levantarme para prepararle ropa limpia y el desayuno, fui a recogerla mientras él se duchaba. El aparato seguía allí. Cuando Zoran se fue a trabajar, lo encendí para oír la grabación.

Primero hubo un largo silencio, después lo oí entrar en el coche y arrancar. Su tos, un tarareo, menciones a las madres de otros conductores, un sonoro pedo. El coche rodando por las calles. Una conversación telefónica. «Oye, estoy en camino. En diez minutos llego a tu casa. Te aviso con el claxon. ¡Hasta ahora!» El ruido del motor. Acelera, frena. Enciende la radio. Música. Música y publicidad durante cinco o seis minutos. Después baja la música. Se abre una puerta. «¿Dónde te has perdido, guapa? Otra vez vas tarde.» Una fina voz de mujer, la misma que contestó en el móvil cuyo número yo había memorizado: «Si son solo dos minutos, gruñón», y después, una risa. Otra vez el silencio, solo música. Arranca el motor. La voz femenina: «¡Me encanta esta canción!», y sube la música. Justo entonces se agota la batería de la grabadora.

Al volver del trabajo, otra vez se tumbó en el sofá. Me senté en el sillón frente a él.

—Quiero que hablemos —le dije.

—No tenemos nada que hablar hasta que no vuelvas a ser normal. Y, por lo que veo, todavía estás muy lejos de serlo.

—Quiero que reconozcas que tienes una amante y quiero que la dejes.

—No tengo ninguna amante a la que dejar. Yo quiero que tú reconozcas que estás loca y que te dejes de tonterías.

—¿O sea que no lo reconoces? —le dije, sintiendo de nuevo ese maravilloso subidón de coraje que me empapaba en sudor y hacía que me temblaran las manos. La grabadora que tenía lista para apretar el *Play* por poco se me escurre entre los dedos.

—No tengo nada que reconocer —declaró con los ojos inyectados en sangre, destilando desprecio.

Saqué la grabadora. «¿Dónde te has perdido, guapa? Otra vez vas tarde.» La fina voz de mujer: «Si son solo dos minutos, gruñón», y después la risa. En ese punto la apagué, como en las películas.

Zoran se levantó, tratando de arrebatarme la grabadora, pero yo la apretaba con todas mis fuerzas. Me sujetó las dos manos con una de las suyas, mientras con la otra me aplastaba los dedos. Se me saltaron lágrimas de dolor. Consiguió arrancarme el dictáfono y lo tiró por la ventana. Estaba resoplando por la nariz. Nunca antes lo había visto tan colérico.

—Vete a casa de tu madre. No te quiero ver. Me das *asco* —dijo.

—¿*Yo* te doy asco? —traté de replicarle, pero las palabras me salían como leves soplos. Mi respiración se parecía a la de un perro jadeante y, por más que quisiera, no conseguía calmarme—. Los hijos son míos, sin ellos no voy a ningún lado —logré por fin hilvanar una frase—. ¡Vete tú donde tus padres! —dije, y me fui corriendo a vomitar.

—¡Este apartamento es mío también! ¿Me oyes? ¡Hija de puta! ¡Loca de mierda! —gritó, y salió de casa dando un portazo.

Aquella tarde, efectivamente, fui a ver a mi madre. Nos sentamos en la cocina, a la mesa donde solía tomar café con sus invitados. Enseguida me eché a llorar.

—Cálmate —me dijo ella.

Obedecí como una autómata. Tenía el pintalabios rojo ligeramente desleído en la comisura derecha. También el rímel se le había corrido un poco debajo del ojo izquierdo, y el delineador se le había metido en las arrugas debajo de los párpados. Entre sus largos dedos huesudos tenía un frasco de pintaúñas. Empezó a aplicárselo mientras yo le contaba lo ocurrido.

—Es tu marido. Tú lo has elegido, tú tienes que aguantarlo. De divorcio, ni hablar —dijo soplando sobre la laca roja que se estaba secando en sus largas uñas puntiagudas—. Y no se te pase por la cabeza echarlo de casa, porque entonces puede que no vuelva—me aconsejó mirándome a los ojos—. Ahora escúchame, hija. Te hablo desde la experiencia que tengo. Es *ella* la que tiene que desaparecer.

Así llegué a fraguar mi último plan. Tardé unos días en llevarlo a la práctica. Compré una pequeña pala y una botella de agua. Cuando supe con seguridad que él pensaba salir por la noche, me vestí elegante, me puse los zapatos de aguja más caros que tenía, me perfumé, cogí las copias de las llaves de su coche y, por supuesto, el móvil, en modo silencio. Bajé a la calle, abrí el maletero del todoterreno y me metí dentro. Me encerré y me puse a esperar. Afuera se oían pasos, voces, gente riendo o hablando por teléfono. El fino haz de luz de una farola se filtraba por una pequeña rendija que dejaba el portón del maletero. Transcurrió una hora hasta que, por fin, Zoran subió al coche, pero en vez de arrancar se puso a registrar por todas partes, tal vez buscando otra grabadora escondida. Luego puso la música a todo volumen y partimos. El trayecto duró unos veinte minutos, probablemente hasta Avtokomanda. Se detuvo. Alguien subió al coche. Se oyó una voz de mujer. Risas. Y luego, una conversación muy animada mientras el todoterreno seguía avanzando. En cierto momento empezó a subir por una cuesta, a hacer virajes, a sacudirme a diestra y siniestra. Por la rendija del maletero no entraba luz alguna. Se me taparon los oídos. Me di cuenta: el monte Vodno. El todoterreno se detuvo, pero la música no cesó. Ahora sonaba jazz, una pieza tranquila, pero a todo volumen. Las voces de ellos bajaron. De vez en cuando se oía alguna palabra, alguna risa breve, un grito débil. Y de pronto el coche empezó a balancearse rítmicamente. En ese mismo ritmo me puse yo a dar golpes en el portón del maletero. Primero leves, luego cada vez más fuertes. El bamboleo cesó. Apagaron la música. «¿Qué es eso? ¿Qué es eso?», decían los dos. Percibí ruidos de ropa. «¿Qué será eso, por Dios?», repetía mi marido. Y yo seguía dando golpes con el mango de la pala. Se oyeron pasos fuera del coche. La cerradura del maletero hizo clic. Los vi frente a mí, despeinados. Salí de un salto, levantando con decisión la pala en alto.

GENES

Cada vez que Neno hacía alguna travesura, Guencho le echaba la culpa a mi familia, y sobre todo a mi abuelo. «Son los genes», decía. «Uno no puede escapar de los genes.» Y tenía razón, porque mi abuelo había estado en la cárcel por ladrón y tahúr. Cuando salió en libertad, mi abuela se las arregló para echarlo del hogar familiar. Un día irrumpió borracho en la casa. Mi abuela estaba bañando a su hija de cuatro años, mi madre. Al entrar, él agarró a mi abuela y le dio una paliza, le rompió la nariz. Se le quedó para siempre así, torcida. Después los hermanos de mi abuela le dieron una buena tunda a él y no volvió a aparecer por allí. Al cabo de unos meses alguien lo quemó vivo en el piso donde vivía, probablemente algún acreedor.

La primera vez que Guencho mencionó a mi abuelo fue cuando Nenad robó una chocolatina de una tienda.

Tenía cuatro años. Lo pillamos comiéndosela en el baño, escondido detrás de la cortina de la ducha. A pesar de todas las pequeñas travesuras que solía hacer, a pesar de que su mirada despertaba sospechas y de la expresión cínica de su boca, no dejaba de ser una ricura, todo pringado de chocolate —que se le había derretido en el bolsillo—, de pie en medio de la bañera, con los zapatos puestos. «¡Guencho! ¡Guencho! ¡Guencho!», llamé a gritos a mi marido. Neno se asustó, aunque en principio era un niño valiente y siempre trataba de disimular el miedo, al igual que los demás sentimientos. Abrió los ojos como platos, sobresaltado por mis gritos. Guencho acudió en seguida y se encontró a Neno con la chocolatina a medio comer en la mano.

—La ha robado —delaté al niño—. Hace un rato, mientras estábamos en la tienda. Me pidió que le comprase una, yo le dije que no y se la habrá llevado a hurtadillas.

Guencho presume mucho de su honradez innata, aludiendo a la etimología de su nombre, que en su forma completa es Evguenie, el «bien nacido». Afirma que él no miente, que jamás en la vida ha robado nada, que es compasivo. *Nomen est omen,* le gusta decir. En aquella ocasión se le ensombreció el rostro, agarró a Neno de la camiseta y lo levantó en el aire. La chocolatina cayó en la bañera. Sostuvo al niño en uno de sus brazos y empezó a darle cachetadas con la mano libre en el culito y en las piernas.

—No… quiero… ladrones… en… mi casa…, ¿me entiendes? —marcaba cada palabra con un golpe. Neno trataba de zafarse moviendo los muslos, pero Guencho lo tenía bien sujeto—. ¡Como lo vuelvas a hacer, te mato! —gritó al terminar la paliza, mientras Neno abría la boca en la forma de «o» y rompía a llorar en voz alta—. ¿Quieres más? —le amenazó Guencho, aunque era evidente que no le resultaba fácil pegarle.

—Noooo —chilló Neno.

Lo saqué del baño, no fueran los vecinos a enterarse de lo ocurrido, porque allí los ruidos se oyen en todo el edificio. De ninguna manera debía trascender la noticia de que Neno había robado, pensaba yo, porque entonces ningún vecino lo dejaría entrar en su casa.

Neno se acostó en su cama, de cara a la pared. Estaba lloriqueando y no reaccionaba cuando yo lo tocaba. Le eché un sermón sobre lo malo que era robar. Le dije también que, si robaba, iba a acabar en la cárcel. Y, puesto que seguía sin reaccionar ni a mis palabras ni a mis caricias, salí de su cuarto y me dirigí al salón, donde Guencho estaba sentado con la mirada fija en la tele apagada.

—Tal vez no hubieras debido pegarle —le dije—, está desolado.

—¿Y tú no estás desolada por el hecho de que tu hijo sea un ladrón? ¿Acaso no me llamaste para que yo me hiciera cargo de la situación? ¿Por qué te pones a gritar «Guencho, Guenchooo» —me imitó haciendo muecas— y luego protestas cuando tomo medidas? ¿Por qué no haces algo tú misma? —me reprochó.

—Quizá hubiera debido comprarle la chocolatina —dije.

—Él no debe robar bajo ningún concepto, independientemente de si le compramos algo o no. Eso le tiene que quedar muy claro. Acaba de recibir una buena lección —dijo encendiendo un cigarrillo, como hacía siempre que estaba sulfurado. Fue entonces cuando sacó a colación a mi abuelo. En realidad, no lo mencionó directamente, pero yo sabía que se refería a él—: Siempre hemos procurado inculcarle los más altos valores morales. Ha recibido una buena educación, lo colmamos de atenciones. No es como otros niños. Pero ya ves, a veces las cosas no dependen de nosotros. No dependen de cómo se le educa. Son los genes, ya sabes. Rasgos que se transmiten de generación a generación, rasgos familiares —concluyó, dirigiéndome una mirada elocuente.

No era la primera vez que mencionaba los genes. Estaba convencido de que toda nación posee características genéticas propias que determinan su comportamiento. Incluso tenía una teoría sobre el carácter de las mujeres de ciertas naciones y, a veces, también sobre el de los hombres: según él, las polacas eran codiciosas; las norteamericanas, engreídas; las mejores esposas, las macedonias, y los esposos más infames, los montenegrinos. Pero las peores cualidades las reservaba para los griegos y, sobre todo, para los *shiptar,* es decir, los albaneses. A los griegos los odiaba, pero no les achacaba ningún defecto colectivo concreto, aparte de que los hombres eran bajos y morenos, y las mujeres tenían los culos grandes. En general, decía de ellos que eran unos ladrones de historia. A veces, cuando se emborrachaba con sus amiguetes, se ponía a disertar sobre la antigua Macedonia, dando puñetazos en la mesa. A mí esas conversaciones me aburrían, ya que el pasado me trae sin cuidado, y me parece que a sus amigos tampoco les interesaban demasiado, porque poco a poco empezaron a rehuirlo. «¿Por qué hablo yo tantos idiomas, eh? ¿Vosotros qué creéis?», les decía. «¿Por qué entiendo todas las lenguas?» En efecto, él había aprendido por su cuenta a entenderse en varios idiomas europeos. «Porque eres listo, ya lo sabemos», lo chinchaban sus amiguetes, pero él negaba con la cabeza, moviendo el índice a derecha e izquierda. «Porque la raíz de todas ellas es el macedonio», afirmaba. En todo caso, las peores cosas las decía de los albaneses: «Son primitivos y sanguinarios», declaraba. «Obstinados, cabezotas. Bueno, a ver, que yo tengo amigos albaneses, tampoco son todos iguales», repetía. «Pero aun esos. Les gusta mucho juntarse entre ellos y cualquier día nos van a acabar devorando a todos», concluía convencido.

Nenad siguió robando de vez en cuando alguna cosa pequeña, por lo que Guencho empezó a mencionar a mi abuelo sin rodeos. Encontrábamos objetos escondidos debajo de la cama del niño o en su armario, entre la ropa: juguetes ajenos —sobre todo figurillas—, lápices, chocolates, chicles, pegatinas. A veces yo no le decía nada a Guencho. Dejaba las baratijas robadas donde las había hallado, fingía no haberme dado cuenta. Pero un día descubrí un automóvil de juguete que parecía más caro que los demás y que yo nunca antes había visto. Neno estaba armando un rompecabezas y cuando le pregunté de quién era el cochecito, respondió que era suyo. Cuando le pedí que me explicara de dónde lo había sacado, dijo: «Papá me lo compró». Quise saber cuándo, y su respuesta fue: «Anteayer». No levantó la mirada del rompecabezas. Me entraron sospechas. Guencho estaba viendo la tele en el salón. Fui a enseñarle el juguete, le pregunté si se lo había comprado él. Evidentemente, Guencho se dio cuenta de que Neno lo había robado y la cara se le ensombreció de cólera. Me dijo que trajera a Nenad al salón para «tener una conversación».

—¿De dónde has sacado esto? —le dijo, acercándole el cochecito a la cara.

Neno callaba.

—¿De dónde lo has sacado? —Empezó a zarandearle el hombro.

A Neno se le torció la cara y se le llenaron los ojos de lágrimas. Se defendía llorando. Así nos manipulaba. Sentí furia y le di una colleja, diciéndole que contestara cuando le preguntaban. El golpe le hizo dar un paso adelante y se puso a llorar en voz alta.

—¡Responde cuando te preguntan! —gritó Guencho como un general.

—Lo encontré —sollozó Neno—. Lo encontré —repetía a pesar de todas nuestras presiones.

No quiso confesar que se lo había robado a Stevo, un amiguito suyo que vivía en el portal de al lado. Supimos que fue a él a quien se lo había robado cuando la madre de Stevo nos llamó por teléfono para quejarse de que Nenad «debía de haberse llevado» el nuevo cochecito de su hijo cuando estuvo en su casa.

—Aquí no hay ningún cochecito como el que busca, señora —respondió Guencho—, se equivoca.

Pero la madre continuó insistiendo hasta que Guencho alzó la voz. Le dijo que en nuestra familia no había ladrones. Que habíamos educado a nuestro hijo con amor y mucho cuidado y que él nunca habría hecho nada parecido. Y también le dijo que, si el cochecito de marras era tan importante para ella, le hacía ahora mismo una transferencia bancaria para que compraran otro.

—¡Deme su número de cuenta! —siguió gritándole, furioso, hasta que la señora colgó. Luego dejó encerrado a Neno en el cuarto de servicio durante dos horas—. ¿Quieres saber lo que les pasa a los ladrones? Terminan en la cárcel. ¿Y quieres ver lo que es la cárcel? —dijo empujándolo dentro del cuarto. Al principio se oía el fuerte llanto del niño, pero a los diez minutos cesó.

Atentos al silencio de Neno, nos sentamos en el salón. Guencho encendió un cigarrillo, pero yo me abstuve, ya que pronto iba a dar a luz. Intentamos convencernos el uno al otro de que habíamos hecho lo correcto al encerrar a Neno en el cuarto de servicio.

—Hemos de ser más severos con él —me animaba a mí misma en voz alta—. No le va a pasar nada, solo se llevará un pequeño susto —trataba de autosugestionarme, esperando que Guencho también me tranquilizara.

—A los hijos hay que adiestrarlos como a los perros. Si no escarmienta ahora, quién sabe qué problemas nos traerá en el futuro. Hemos de trabajar con él según el principio del premio/castigo —me decía Guencho, seguro de sí mismo. Irradiaba determinación, lo cual me alarmó aún más en vez de convencerme de que todo se arreglaría.

Me habría gustado ver que a Guencho también le apenaba el que hubiésemos encerrado a Neno en el cuarto de servicio. Pero Guencho era un experto en disimular sus sentimientos. En secreto estaba enojada con él, pero seguí asintiendo con la cabeza. De allí dentro no salía ningún sonido. De vez en cuando Guencho giraba la cabeza en esa dirección.

—Parece que tiene muy fuertes los genes malignos —dijo Guencho mirándome a los ojos como si me culpara—, los del lado de tu abuelo. Así que hemos de enseñarle a reprimirlos. Si no lo logramos, entonces… —Hizo un gesto con la mano que quería decir: «Todo se va al carajo».

—¿Y qué tiene que ver mi abuelo con todo esto? —repliqué, con ganas de pelea, enojada como estaba con él.

—¿Que qué tiene que ver tu abuelo? —dijo, mirándome como si yo hubiese dicho una estupidez, y luego repitió la pregunta—: ¿Que qué tiene que *ver* tu abuelo con esto? ¿Un tahúr, ladrón y cleptómano? ¿No ves cómo acabó? ¿Crees que estos rasgos no se transmiten? ¿De dónde entonces le ha venido al niño esa compulsión por robar?

—Puede que hayamos hecho algo mal —terminé verbalizando lo que más miedo me daba.

—¿Y qué es lo que hemos hecho mal? ¿Que vive con una madre y un padre que lo quieren, en un piso de maravilla, en pleno centro de la ciudad? ¿Que tiene su propia habitación y una tonelada de juguetes? ¿Que está rodeado de amor y atenciones?

—No sé —repuse—. Quizá necesite otro tipo de atención.

—Ahí tiene otro tipo de atención. Que aprenda lo que es una cárcel. También pienso contarle la historia de tu abuelo, para que sepa en qué tipo de persona podría convertirse.

Y, en efecto, cuando dejamos a Neno salir del cuarto de servicio, Guencho lo hizo sentarse en el salón, como si fuera un adulto, y le habló de mi abuelo.

Neno tenía los ojos enrojecidos y de vez en cuando se le escapaba algún sollozo, pero fingía no haber llorado. Estaba sentado en el sofá, a un metro de su padre, con las manos en el regazo y mirándose los zapatos, que le llegaban hasta el borde del asiento. Tenía las puntas de los pies vueltas la una contra la otra. Era el único detalle infantil en su comportamiento. En todo lo demás parecía un adulto. Pero detrás de los ojos hinchados, se leía en su mirada un rencor mezclado con malicia, con el deseo de venganza que yo había notado en Guencho cuando estaba enfadado. Tenía la boca entreabierta, como si dudara de todo lo que le decía su padre. De vez en cuando miraba al techo, como queriendo decir que todo lo que estaba oyendo era aburrido y no tenía ningún sentido. Guencho se dio cuenta de que Neno no se inmutaba y empezó a contarle la historia de una manera muy realista, como se le habla a un adulto. Al llegar al punto en que mi abuelo fue quemado vivo, a Nenad le dio un hipo, se estremeció, abrió un poco más los ojos y cerró la boca.

—¿Ves ahora cómo terminan los ladrones? —preguntó Guencho al finalizar la historia.

—Sí —contestó Neno con la voz cambiada.

—Muy bien. Ahora ven aquí para que te dé un abrazo y hagamos las paces —dijo Guencho, atrayendo a Neno hacia sí. Neno, sin embargo, no reaccionó. Seguía teniendo la misma mirada, el cuerpo le colgaba como un títere sin alma.

Desde el día en que lo encerramos en el cuarto de servicio, Neno se volvió aún más raro: sumamente reservado y misterioso. Ya de bebé era poco común: había algo inquietante en su cara. A ratos, en vez de amor, sus ojos me transmitían una sensación de vacío, con una expresión casi maligna. Había instantes en que se quedaba a solas, sentado, inmóvil delante de un juguete. Pero tenía también sus momentos de enfado y obstinación extremos, cuando durante días se negaba a comer. «En eso ha salido a mi madre», afirmaba Guencho. «Es duro, testarudo, no da su brazo a torcer», decía con orgullo, tratando de presentar los rasgos negativos del carácter de nuestro retoño como algo de lo que podíamos estar orgullosos. Su madre, ya viuda, había criado a dos hijos: a Guencho y a su hermana, Vaska. Ni la madre ni Vaska eran exactamente unos angelitos. Tenían numerosos defectos que se podían transmitir a través de los genes. Pero Guencho era muy quisquilloso en lo que a su familia se refería, así que yo me reservaba ese comentario para mejor ocasión, como un as en la manga.

Guencho decía asimismo que Neno se parecía físicamente a la gente de su familia. «Tiene los ojos verdes y grandes de mi padre», afirmaba, aun a sabiendas de que no era cierto y de que Neno había salido igualito a mí. Todo el tiempo procuraba decir maravillas de su padre, a quien idealizaba solo porque había muerto joven, en un accidente ferroviario. Cuando no lo comparaba con su padre, subrayaba algún detalle en el que Neno se parecía físicamente a los miembros de su familia: unas veces era la postura del cuerpo, otras, la barbilla, hasta en la frente veía similitudes. Pero, cuando nació nuestro segundo hijo, dejó de insistir tanto en demostrar que Neno era *suyo,* trasladando toda la atención sobre el nuevo bebé y sobre cuán *suyo* era. Lo bautizamos Božidar. Me daba pena y vergüenza reconocerlo, pero a veces, durante el embarazo, de noche, cuando Guencho y Neno dormían, yo rezaba para que el bebé no fuera como Neno. Quería un hijo que no mintiera y no robara, un hijo a quien yo pudiese entender. Un hijo tranquilo, ingenuo, más bueno que el pan, inocente como un corderito: Božidar, «un regalo de Dios». Cuando me asaltaban esos pensamientos, me levantaba de la cama y le besaba los deditos a Neno mientras él dormía. Sus pequeños dedos ladrones, redondos y tiernos como cebollitas.

Durante mi embarazo, Neno fingía no darse cuenta de los cambios que se iban produciendo en mí. Le decíamos que pronto iba a tener un hermanito o una hermanita, y él se limitaba a contestar: «Vale».

—¿Qué prefieres, un hermanito o una hermanita? —le preguntábamos.

—Me da igual —respondía como un adulto, cosa que, más que risa, daba miedo.

Y cuando nació Božo —el milagro por el que había rezado yo, el corderito de mamá y papá— Neno nos preguntó hasta cuándo viviría con nosotros ese bebé. «¡Ja, ja, ja!», estallamos en risas los dos, aunque no le veíamos mucha gracia, porque Neno acompañó la pregunta con aquella mirada suya llena de malicia, de la que Guencho y yo evitábamos hablar.

—Es tu hermanito, debes cuidarlo. Yo tengo una hermana, tu madre también tiene un hermano a quien quiere mucho, y ahora tú tienes a Božo —dijo Guencho y empezó a arrullar al bebé, a tocarle la nariz y el mentón, pequeños como botones.

Me pregunté hasta qué punto era cierto que yo quería a mi hermano. Cuando enfermó mi madre, todavía antes de que le dijéramos que el cáncer la iba a matar, yo fui al banco y retiré todo el dinero de su cuenta. Tras su ingreso en el hospital, recogí todas las joyas que encontré en la caja fuerte y las fundí. Más tarde mi hermano me pidió que le prestase dinero, porque su mujer y él se habían quedado sin empleo, pero yo le contesté que en ese momento no tenía. Dos meses más tarde mi marido y yo nos compramos un coche nuevo que no necesitábamos. Además, en la época en que mi hermano era solo un bebé, yo fingía quererlo mucho para que me dejasen a solas con él. Un día lo puse sobre la estufa caliente. Al sentir que se le quemaba la espalda, él empezó a gritar. Cuando fuimos creciendo, él me enseñaba de vez en cuando la cicatriz para recordarme lo mala que era.

Neno no fingía querer a Božo; lo trataba como si fuera un objeto, por eso yo procuraba no dejarlos solos a los dos. De eso tampoco le dije nada a Guencho. Božo era un bebé tranquilo que no lloraba cuando lo dejaba solo en la cuna, a diferencia de Neno cuando era pequeño. Pero a veces ocurría que, en presencia de Neno, Božo se ponía a llorar a grito pelado sin causa aparente. Una vez, bañando al bebé, descubrí que tenía pequeños moretones en los muslos. Guencho también los vio y me preguntó cuál podría ser la causa. Le dije que probablemente se habría golpeado contra los bordes de la cuna. O que, al cogerlo en brazos, lo habríamos apretado demasiado fuerte con los dedos. Pero en realidad sabía que se debían a pellizcos y que el que los provocaba era Neno, cada vez que lo dejaba a solas con Božo en la habitación. Decidí pillarlo in fraganti para estar segura de que era él quien le estaba haciendo daño al bebé. La siguiente vez que acosté a Božo en la cuna, me escondí detrás de la pared junto a la puerta y esperé a ver si ocurría algo. Neno estaba jugando en el ordenador. Permanecí oculta durante diez minutos sin que pasara nada. Hice otra prueba. En esa ocasión le hablé muy cariñosamente a Božo al dejarlo en la cuna y no besé a Neno antes de irme. Entonces vi a Neno acercarse a la cuna y meter la mano entre las barandillas laterales, tras lo cual Božo prorrumpió en llanto. Neno no esperaba el golpe, porque me acerqué a él por la espalda. Se cayó al suelo. La boca se le torció y empezó a gritar. Chillaban los dos. Yo también me puse a llorar en voz alta. Levanté a Božo en brazos y cogí a Neno de la mano. No opuso resistencia, probablemente porque era la primera vez que me veía llorar. Fuimos al salón y estuvimos un rato abrazados, hasta que todos nos quedamos dormidos. Después de ese incidente ya no hablé con Neno sobre su falta de afecto por su hermanito. Siempre que quería sentarme a conversar con él, sentía una pesadumbre oscura y oprimente, de modo que terminaba besándolo en la parte posterior del cuello, allí donde lo tenía más blando y tierno.

Me precipitaba a besarlo con más intensidad cuando veía a Guencho hacerle arrumacos a Božo. Y cuando este se ponía a tararear de forma inarticulada cada vez que oía música infantil, Guencho rebosaba de entusiasmo. «¡El pequeño músico de papá!», gritaba feliz. «Míralo», me decía exaltado, «¡qué talento, y cuánto le gusta la música! Mi hermana y yo cantamos muy bien. Bueno, ella toca el piano mejor que yo, con el alma, pero vamos, que tenemos los dos muy buen oído. ¡Tú, sin embargo, eres una negada!», decía riéndose, como en broma, aunque yo estaba realmente acomplejada por no saber cantar. «La musicalidad nos viene de mi tío. ¿Sabes que mi tío estudió piano en Rusia? Huyó de allí tras la Revolución, porque simpatizaba con el Ejército Blanco. La aristocracia. Bueno, él era macedonio, pero se movía en círculos aristocráticos. Era de una familia vieja y rica de Skopie», me repetía siempre la misma historia de su tío, de quien estaba muy orgulloso. «Regresó aquí como un pianista de primera. Era muy guapo, atractivo, alto… ¡Todo un Franz Liszt!», suspiraba Guencho. Yo nunca le preguntaba quién era ese Franz Liszt, para no tener que oír más discursos sobre su tío Grigor. «Yo he heredado su estatura y su complexión», decía con orgullo, «porque, sabes, los demás miembros de mi familia son bajitos», concluía con una sonrisa. «He tenido la suerte de salir a ese tío mío. ¡Qué lástima que nunca lo conocí! ¡No tengo ni una foto de él! ¡Ay, Grigor, Grigor!», se lamentaba. «¡Quién sabe dónde estaríamos ahora de no haber sido por aquella terrible atrofia muscular tuya!», exclamaba apartándose un poco a un lado, porque era supersticioso y rehuía el contacto físico con nuestros hijos cuando hablaba de enfermedades. «El otro ha salido a ti, la música no le interesa demasiado», decía en su presencia. En tales momentos yo sentía lástima por Neno y le daba un beso; él no decía nada, hasta fingía no estar escuchando. Pero yo sabía muy bien que nos escuchaba, y que reaccionaba a las palabras «el otro», porque era un niño muy inteligente.

Desde el principio estaba segura de que le iría muy bien en la escuela y así fue. Resultó ser el mejor alumno de la clase y todavía en los primeros meses las maestras lo calificaban de muy estudioso y trabajador. Pero sin llegar a decir que fuera excepcional. Hablaban de él en un tono formal. Encadenaban frases que dirían de cualquier alumno: obtiene resultados excelentes, muestra curiosidad, realiza a tiempo las tareas que se le asignan. Lo único con lo que lo distinguieron de los demás fue: «calificaciones por encima del promedio». Pero no percibí ni gota de cariño en sus palabras. Les pregunté por el comportamiento de Neno. Lo describieron como retraído e «insuficientemente socializado», pero añadieron que eso era normal para un niño de primer año.

Un día recibimos una llamada de la escuela. Llamaron al móvil de Guencho, le dijeron que la conversación no era para teléfono y que fuéramos los dos allí al día siguiente, después de mandar a Neno a clase. Guencho estaba de color ceniza cuando me comunicó la noticia. Luego llamó a gritos a Neno. «Para preguntarle qué ha pasado», dijo. Neno llegó trotando al salón. Se detuvo delante de nosotros mirando al suelo, pero tenía la boca torcida en un gesto ligeramente burlón.

—¿Qué es lo que has hecho hoy en la escuela? —le preguntó Guencho. Estaba enfadado y se le notaba. Pero habíamos acordado que Guencho fuera el malo y yo la buena, para que nuestra familia tuviese una estructura bien definida.

Neno callaba. Se puso a trazar un círculo imaginario con el pie izquierdo.

—¡Respóndeme cuando te pregunto! —insistió Guencho, alzando la voz.

Neno lo miró a los ojos. Tenía una mirada insolente, indestructible.

—Nada —repuso.

—¿Se puede saber entonces por qué me han llamado para que vaya mañana?

—No lo sé —dijo Neno, y de golpe la mirada se le ablandó. Enarcó las cejas, los ojos se le llenaron de lágrimas, adoptó un aire de inocencia y fragilidad. Repitió—: No lo sé.

—¿No habrás robado algo, por casualidad? —El tono de Guencho se suavizó un poco.

—¡No, no he robado nada! —dijo Neno y una lágrima se le desbordó por la mejilla. No lloraba. Solo le caían lágrimas.

—Porque ya sabes adónde van los ladrones, ¿verdad? —le preguntó Guencho. Luego inclinó la cabeza y, acercándose a él, lo miró a los ojos—. A la *cárcel* —añadió en voz baja.

En ese momento Neno prorrumpió en llanto.

—No quiero ir a la cárce-e-el —sollozaba, ahogándose—. No me metáis en la cárce-e-el —siguió repitiendo durante una hora hasta que se calmó.

—Ha vuelto a robar —me dijo Guencho más tarde, en la cama—. Si no, no habría reaccionado así.

—Quizá no hubiéramos debido castigarlo de forma tan severa cuando lo pillamos aquella vez con el cochecito de juguete —comenté.

—¿Y si no lo hubiéramos castigado? Robaría todo lo que pillara. Hay que meterle miedo para reprimirle esos impulsos, porque se trata de impulsos, de una patología heredada genéticamente —dijo girándose al otro lado.

Me sentí culpable por haber sido yo la que le había transmitido esos genes a Neno. Yo también había robado, como mi abuelo. Ahora mi hijo robaba, pensé, y los ojos se me empañaron de lágrimas, aunque me esforcé por no llorar delante de Guencho.

Sin embargo, no habían llamado de la escuela porque Neno hubiera robado. La causa resultó ser aún peor. Cuando llegamos allí, nos informaron de que el día anterior se había portado de manera agresiva con un compañero suyo. Este, según nos dijo la asesora pedagógica, era un niño flacucho y tranquilo, con quien los demás se metían a menudo, probablemente por su «debilidad física», y añadió tras un instante: «Y por su origen étnico».

—¿De qué origen se trata? —preguntó Guencho.

Tenía un aire grave, los codos apoyados en los brazos del sillón, las piernas cruzadas con desenvoltura. Pero yo sabía que antes de salir de casa se había tomado a escondidas un diazepam. Por eso parecía tan relajado. Lo traicionaba el detalle de haberse echado demasiada colonia y, además, iba hecho un figurín. Su traje no podía contrastar más con los desvencijados armarios y vitrinas, donde había montones de viejos paquetes con libros serbios y rusos sin abrir.

—Es un niño de origen albanés —respondió la asesora pedagógica.

—Ya —dijo Guencho—. No sabía que en este barrio vivían *ship*… —iba a decir la palabra inapropiada, pero lo interrumpí a tiempo.

—¿Qué ha hecho Nenad, concretamente?

—Encerrar a Shkodran en el cuarto donde las mujeres de la limpieza guardan sus utensilios —repuso la asesora.

—Es decir, en un cuarto de servicio —dije, sintiendo de pronto que se me bañaba todo el cuerpo en sudor.

—Shkodran —repitió Guencho, arqueando las cejas de manera interrogativa y mirando hacia arriba.

—Algo así —me contestó la asesora sin hacerle caso a Guencho—. La habitación está lejos de las aulas, de modo que Shkodran pasó más de dos horas encerrado. Tratándose de un recinto un poco aislado, nadie lo oyó. El niño se ha llevado el susto de su vida. Desde antes ya tenía un defecto en el habla: tartamudea —dijo la asesora, pero aquí Guencho la interrumpió.

—¿Y cómo encontró la llave de ese cuarto? —hablaba de manera tan formal como la asesora—. ¿Y por qué durante dos horas las mujeres de la limpieza no hicieron su trabajo? ¡Se nota que el lugar está bastante descuidado! —Guencho empezó a enardecerse, para mi vergüenza.

—Que las mujeres no estuvieran allí no tiene nada que ver con el asunto, señor —respondió la asesora, irguiéndose de repente en la silla—. Y la llave la encontraría de cualquier manera, no sabemos exactamente cómo, pero quizá se la sustrajera a alguna de las empleadas sin que ella se diera cuenta. Shkodran no acertaba a explicarnos nada, tartamudeaba muchísimo cuando lo sacamos de allí. No volvía en sí. Estuvo encerrado como en una mazmorra oscura.

Permanecimos sentados y en silencio.

—Deben hablar con su hijo para ver qué lo impulsó a hacer una cosa semejante —nos dijo la asesora.

—No sé, de verdad que no sé por qué lo hizo —dije. Una gota de sudor se deslizó desde mi axila hasta la cintura—. No es un muchacho agresivo —mentí.

—Espero que todo esto no tenga un trasfondo étnico —prosiguió la asesora como si no me hubiese oído—. Todos somos iguales a los ojos de Dios —dijo mirando hacia un icono de la Virgen que tenía en su mesa, justo al lado de los lápices y los bolígrafos—. Espero que no tengamos que calificar este caso de violencia étnica —añadió parpadeando rápidamente.

Guencho seguía sin decir esta boca es mía.

—No, nada de eso —negué yo, pensando que la asesora hablaba como si estuviera en una rueda de prensa.

No había ni gota de afecto en sus palabras. Tampoco se traslucía verdadera preocupación.

—No digo que sea este el caso. De hecho, es posible que el niño se dejara influir por algunos compañeros suyos que no respetan las diferencias. Pero de todas formas hay que tener en cuenta que la intolerancia viene de casa —dijo la asesora bajando la voz y mirando hacia Guencho, quien daba muestras de un ostensible desinterés.

—A menudo estos problemas, los problemas con la socialización, como ya he mencionado —prosiguió ella en su tono formal—, tienen una relación inmanente con el entorno familiar. La violencia física entre miembros adultos de la comunidad, los métodos violentos en la educación del niño… —No llegó a terminar la frase, porque Guencho la interrumpió.

—¿Quiere decir, señora —hablaba con la mandíbula rígida, a duras penas controlando la fuerza de su voz—, que yo le pego a mi mujer? —La asesora trató de negarlo, pero Guencho no la dejó—: ¿Que le pego a mi hijo o, como dice usted con sus estúpidas fórmulas, que utilizo «métodos violentos en su educación»? Somos una familia respetada y funcional que les dedica un tiempo considerable y mucho amor a sus hijos, a diferencia del noventa y nueve por ciento de la gente que atraviesa el umbral de esta escuela pestilente y caótica. Con nuestro hijo no teníamos *ningún* problema —dijo dando un puñetazo en el brazo de su sillón—, absolutamente *ninguno*, hasta que puso los pies aquí. ¿Usted quién cree que tiene la culpa de eso?

—Señor… —trató de replicarle la asesora.

—No quiero oír ni una palabra más de *profesionales* como usted. Yo hablaré en casa con mi hijo. A usted le corresponde controlarlo aquí y averiguar *por qué* encerró a Shefket en el cuarto de servicio.

—A Shkodran —corrigió la asesora.

Cogí a Guencho del brazo, porque vi que tenía la vena de la sien terriblemente hinchada, como siempre que le subía la tensión.

—Vámonos de aquí —me dijo.

Me arrastró de la mano y salimos de la oficina de la asesora. La distancia hasta la salida de la escuela me pareció de más de un kilómetro. Con lo enfadados que estábamos, encima nos perdimos y nos dirigimos a una salida que estaba cerrada con llave. Tuvimos que dar una vuelta completa y pasar otra vez delante de la puerta de la asesora, pero afortunadamente no nos topamos con ella. No cruzamos palabra en todo el camino. Yo regresé a casa para cuidar de Božo, mientras que Guencho se fue a la oficina.

Al volver del trabajo, en vez de hablar con Neno, Guencho se puso a jugar con el bebé. Todo el tiempo Neno estuvo solo en su habitación, sin salir ni una sola vez. Cuando yo veía a Božo reír o escuchaba su respiración pausada mientras dormía, todo el dolor a causa de Neno se me desvanecía. Este niño no será como el otro, me decía a mí misma, sintiendo remordimientos por pensar así de mi propio hijo. Guencho le hablaba en voz alta:

—¡La estrellita de papá! ¡El orgullo de papá! ¡Quién es el bebito más dulce y más bueno del mundo! —lo arrullaba. A Neno nunca le había dicho nada parecido.

Le pregunté qué íbamos a hacer con el niño.

—Ahora no me puedo hacer cargo de eso. Tengo la cabeza que echa humo —contestó—. Déjame pensarlo un poco —dijo tumbándose en el sofá.

En ese momento sonó el teléfono y todo cambió. «Las desgracias suelen llegar todas al mismo tiempo», me decía mi abuela, que sabía muy bien lo que eran las desgracias. Llamaba Vaska, la hermana de Guencho, para comunicarle que su madre acababa de fallecer a consecuencia de un infarto. Guencho empezó a sollozar como un niño pequeño. Se encerró en el dormitorio y estuvo llorando allí durante una hora. Después salió de casa y no volvió hasta el día siguiente.

La semana después del entierro no dejó de hablar de ella. De que había sido una mártir después de quedar viuda. De que había criado a sus hijos con *honradez* y *dignidad*. De su *profesionalidad* como maestra de Historia en la escuela primaria. De sus *amplísimos conocimientos* de esa materia, y de cómo ella le había enseñado la verdad histórica sobre Macedonia y sobre nuestro origen. De lo extraordinaria que había sido como *ama de casa*. Pero no dijo ni una palabra de que, por ejemplo, en una ocasión su madre nos había calificado a mi hermano y a mí de *muertos de hambre*. También se le olvidó mencionar que, cuando yo estaba embarazada de Neno, ella me decía que nunca sería capaz de engendrar a un hijo varón. O que había decidido traspasar a Vaska la propiedad de la casa de campo, mientras que a nosotros solo nos había comprado una lavadora. O que nunca nos invitó a los dos a comer después de mi parto, sino que llamaba solo a Guencho para que la visitara los sábados. O que, cuando estaba haciendo reformas en su piso y pasó dos semanas en nuestra casa, un día me pidió que le lavara los pies.

Vaska, su favorita, era la que en realidad se parecía a ella, la que llevaba sus genes. Era egoísta e impertinente, todo lo que había conseguido en la vida fue gracias a su cara bonita y a sus fingidos modales aristocráticos. Aparte de eso, estaba completamente vacía por dentro y tenía una enorme maldad en la mirada. Precisamente esa maldad le brillaba en los ojos cuando se sentó con Guencho a la mesa del comedor para hablar de la herencia. Me senté con ellos para apoyar a mi marido, porque me olía que iba a pasar algo feo. Y, además, quería fastidiarla. Vaska no contaba con el apoyo de nadie, porque estaba divorciada: no había hombre que la aguantase.

Se sentó enfrente de nosotros y nos puso delante una lista escrita a mano. Esa lista tan impresionante era en realidad un documento del diablo: en una columna vertical había una serie de años, y en horizontal se especificaban objetos, números, propiedades. En las casillas donde se cruzaban las columnas verticales y las filas horizontales figuraban los nombres de los dos: Vasilia, Evguenie. El de ella estaba marcado con un rotulador verde, y el de Guencho con amarillo. En la hoja predominaba el color amarillo, pero en la línea con los objetos, números y propiedades había cosas de las que ni

Guencho ni yo teníamos ninguna noticia. El nombre de ella no aparecía más que un par de veces. La casa de campo no figuraba en ningún lado. Al ver aquella lista nos quedamos con la boca abierta, sin saber cómo reaccionar. No dábamos crédito a lo que estaba delante de nuestros ojos, era tan inaceptable como la muerte de un ser humano. Con la mano escondida debajo del mantel de la mesa, yo le apretaba la rodilla a Guencho. Me temía que le pasara algo. Guardamos silencio, tratando de reponernos del choque, mientras Vaska nos «explicaba» el documento.

—Puede que la lista parezca un poco desordenada, pero así son las cosas. La hizo mamá, yo solo la copié. No dejó testamento, solo esta lista. Si queréis, os puedo enseñar la original. —Evidentemente, era un farol—. En todo caso, el balance final es que las propiedades y otros bienes materiales que has acumulado a lo largo de los años tú, Guencho —dijo con soberbia, encendiendo un cigarrillo en la boquilla—, ascienden a más de la mitad del valor del apartamento que mamá —aquí se persignó, aunque no era nada devota— nos ha dejado en herencia a los dos.

—¿Perdón? —dijo Guencho. Entre las cejas se le formó un surco que yo nunca antes le había visto. Las comisuras de los labios se le cayeron hacia abajo, como si fuera a llorar.

—Aquí está todo escrito, míralo —señaló ella con la uña roja de su índice en el ángulo inferior izquierdo de la hoja, donde había una macabra ecuación con los nombres de ambos, el de ella subrayado.

—¿Qué chorradas son esas? ¿Estás bien de la cabeza? —le preguntó Guencho, todavía con ese surco entre las cejas.

—Sin ofender.

—*Tú* eres la que me ofende.

—Por favor, hablemos como gente civilizada. Hay que estar a la altura de las circunstancias. —La voz se le tornó frágil y de pronto adoptó un aire vulnerable, victimista. Me dieron ganas de agarrar el cenicero en la mesa y partirle la cabeza con él—. Al fin y al cabo, eres mi hermano. En cierto modo —añadió.

—¿Cómo que *en cierto modo* soy tu hermano? —le preguntó Guencho, haciendo un esfuerzo por contenerse.

—Pues si me tiras de la lengua, te lo digo. Ya va siendo hora de que lo sepas —suspiró hondo, aumentando aún más nuestra inquietud—. He venido también a informarte sobre eso. Ahora que mamá ya ha muerto… debes estar al tanto, porque… nunca se sabe. Los genes son los genes. Es posible que tengas alguna enfermedad que no se pueda prever y, además, la genética puede manifestarse en muchos otros aspectos —hablaba acariciándose la rodilla.

—¿Pero, por Dios, de qué estás hablando? —dijo Guencho, alzando la voz.

—Ya sabes que soy bastante más joven que tú. Eso no es casual. En un principio, mamá y papá llegaron a creer que no podían tener hijos. Durante largo tiempo intentaron en vano que mamá quedara embarazada, fueron a muchos médicos, pero la respuesta siempre fue que, por alguna razón desconocida, no podían tener hijos. Que todo parecía normal, pero había algo que no funcionaba y era imposible descubrir la causa. Entonces decidieron adoptarte. Te recogieron en un orfanato. Tenías seis meses.

—Vaska —intervine—, por favor, déjate de tonterías.

—Tú no te metas en esta conversación —me interrumpió ella—. Es un problema que atañe solo a nuestra familia. —Guencho apoyó la cabeza en uno de los brazos. Sus ojos miraban al vacío. Estaban dirigidos hacia su hermana, pero como si no la vieran—. Al cabo de mucho tiempo —prosiguió Vaska—, la suerte les sonrió y nací yo. «Todo un milagro», eso me dijo mamá —declaró con una sonrisa autocomplaciente y ambigua, acariciándose otra vez la rodilla.

Nos quedamos un rato en silencio.

—Tenías otro nombre, pero te lo cambiaron por el que tienes ahora.

—¿Y cómo era ese nombre? —preguntó Guencho y entonces me di cuenta de que la creía.

—No lo sé. Lo puedes buscar en los documentos. En la caja fuerte de mamá, en el banco. Si quieres, pediré una cita para que vayamos esta semana. Allí los verás y comprobarás, o comprobaréis, que todo lo que os acabo de decir esta noche es la pura verdad —dijo poniéndose la mano en el corazón, luego levantó la nariz y cerró los ojos.

Sentí una ola de odio inundarme por dentro. De pronto, sin decir palabra, Guencho entrelazó los dedos de sus manos de una forma inusual, bajando la cabeza. Ella le cogió las manos entrelazadas, como por compasión, pero seguramente tendría la piel fría y húmeda, como la de una serpiente. A mí me desagradó que tocase a Guencho, porque él palideció y la vena de la frente volvió a hinchársele. Antes se ponía rojo cuando se le hinchaba. Ahora parecía totalmente diferente. Me asusté y le traje un vaso de agua. Vaska siguió martirizándolo:

—Sé que te duele enterarte de todo eso. De que no eres un heredero de nuestra misma sangre —dijo mirándose la mano sobrecargada de sortijas y brazaletes.

En ese momento ya no pude más y la eché de casa con cajas destempladas, como se merecía. Se quedó con la boca abierta. Decía «¡Dios mío, qué desconsideración!» y «¡Habrase visto semejante grosería!», y también «Guencho, recapacita, ¡si nos hemos criado juntos!», y cosas por el estilo. Pero yo no me arrepiento de ninguna de las palabras que le dije.

Los dos días siguientes Guencho se sintió mal y parecía como si lo hubieran vaciado por dentro. Miraba un punto delante de sí con los ojos muy abiertos o entraba en el baño y se examinaba largamente en el espejo. Sacó el antiguo álbum de fotos y se pasaba horas escrutando detenidamente las caras de los miembros de su familia. Se tocaba los pómulos, las cejas, se estiraba los lóbulos de las orejas cuando creía que yo no lo veía. Al tercer día me llamaron sus compañeros de trabajo para comunicarme que había sufrido un infarto cerebral y que se encontraba ingresado en un hospital, ya estabilizado. Cuando llegué, él estaba durmiendo. Compartía habitación con tres personas más, todas inmóviles. Sentados alrededor de ellas, sus parientes conversaban en voz baja, con discreción, como se suele conversar en un velorio. Ajustaban las sábanas o dejaban comida y flores en las mesitas al lado de las camas. La mesilla de mi marido estaba vacía. Me sentí incómoda. En primer lugar, por haber ido sola y, además, por presentarme con las manos vacías. Entonces Guencho se despertó. Tenía deformado el lado derecho de la cara. Hablaba despacio, como si tuviese la boca llena de pan mojado. Intentaba decirme que me quería mucho, esforzándose por no llorar. Lo tomé de la mano derecha, aquella que apenas podía mover, y se la besé un largo rato. Lo besé en la cara, en el cuello, en la prominente nuez que tanto me gustaba. Su barba me raspaba la piel y ese contacto me reconfortaba. Le dije que lo quería mucho, que pronto podría volver a casa y que todo se arreglaría.

—La próxima vez tráeme a Neno —me pidió antes de que me fuera—. Necesito verlo cuanto antes. Y tráeme chocolate con almendras —dijo. Era su favorito. Neno odiaba las almendras, por lo que ese chocolate le daba asco. Cuando era muy pequeño, se ponía a llorar si en el aparador donde guardábamos los dulces no quedaba de otro.

Al día siguiente llevé a Neno conmigo, a pesar de que no tenía muchas ganas de exponerlo al olor a muerte y a cerrado que impregnaba la atmósfera del hospital. Tampoco me hacía mucha gracia que viera a los demás enfermos junto a Guencho. No quería que viera los platos de plástico que usaban para comer. No quería que viera los barrotes de hierro carcelarios que rodeaban sus camas ni las sábanas amarillentas en las que yacía su papá. Pero Neno es fuerte, aguantará, me dije. Además, si Guencho quiere verlo, será por algo muy importante para él. Puede que, al final, Guencho llegue a sentir remordimientos por no haber querido lo suficiente a Neno, pensé, arrepintiéndome en seguida de esa idea.

Cuando llegamos, Guencho otra vez estaba durmiendo. En la mesita a su lado dejé un zumo de naranja, una caja de *lokum* y el chocolate con almendras. Lo cogí de la mano, pero no despertó. Apreté un poco, pero siguió dormido. Respiraba. Tenía que despertarlo a toda costa, porque no quería que ni por un segundo Neno lo creyera muerto. Lo zarandeé un poco y abrió los ojos.

—Hijo mío —pronunció al ver a Neno—. ¿Cómo estás, tesoro? —le preguntó.

Hacía tiempo que no lo llamaba *tesoro*. Así le decía ahora a Božo. Neno tenía la mirada impasible. Se encogió de hombros:

—Bien.

—Cuéntame algo —insistió Guencho con dificultad— del colegio. ¿Has sacado algún sobresaliente?

—Solo saco sobresalientes —contestó Neno y comenzó a sacarse un hilo de la manga del suéter.

Le acaricié la cabeza, despeinándolo. Estábamos sentados al borde de la cama, del lado derecho de Guencho, justo el que no podía mover.

—Ven al otro lado, tesoro —lo llamó Guencho. Neno siguió en su sitio.

—Ve. —Le di un suave empujoncito, él se levantó y se detuvo de pie junto a su padre, como una estatua.

—Acércate para que papá te pueda dar un beso —le dijo atrayéndolo hacia sí.

Vi a Neno hacer una mueca, como si de repente hubiese captado un mal olor. Permaneció así, pegado al cuello y a la cara de su padre, que lo apretaba con el brazo izquierdo. Al soltarlo, lo cogió de la mano, diciéndole:

—Eres el orgullo de papá, quiero que lo sepas.

Neno no dijo nada. Ni se inmutó. Yo me agaché por el otro lado para abrazar y besar a Guencho. Tenía mal aliento.

Con Neno de la mano, me dirigí hacia la salida del hospital. Las caras de la gente con la que nos cruzábamos por el camino expresaban a veces desesperación, a veces soberbia. En el césped delante de la clínica rodaban tarrinas de yogur vacías y papeles grasientos. Olía a enfermedad y a bollería barata. Cuando salimos por la puerta principal y pasamos al lado de un puesto de venta de *burek* muy concurrido, Neno me pidió que le comprase una rosca. Nos pusimos en la cola, pero como había mucha gente tratando de colarse, al final nosotros también nos vimos obligados a jugar sucio. Saqué la cartera y, mientras buscaba entre las monedas, una de cinco denares se me cayó al suelo.

—Recógela, tesoro —le dije a Neno. Él se puso en cuclillas y en ese instante del bolsillo se le cayó el chocolate con almendras que yo había comprado para Guencho. Lo recogió, volvió a guardarlo en el bolsillo trasero y, alcanzándome la moneda de cinco denares, me dirigió una mirada que no tenía nada de infantil: era maliciosa e insolente, como la de Vaska.

NÉCTAR

Aunque mi marido es ginecólogo, se las da de artista, y esta es solo una de las muchas cosas que me fastidian de él. En realidad, no recuerdo exactamente cuándo empezó a fastidiarme casi todo lo que hace o dice, pero su pose de artista ocupa un lugar privilegiado en la lista. Por ejemplo, a la gente que viene a casa le dice que «practica un arte», pero que no es «artista» en el sentido propio de la palabra, haciendo gala de una falsa modestia. En nuestro hogar recibimos invitados con mucha frecuencia. A mí no me gusta nada, porque conlleva la necesidad de cocinar y limpiar antes y después de las visitas. Para mi marido es importantísimo que la comida sea abundante, quiere demostrar con eso lo próspera que es nuestra familia. Normalmente, durante esas ostentosas cenas que se celebran en el salón de nuestra casa —en la mesa bajita situada entre el sofá grande, el otro de dos plazas y el sillón, en los que, aparte de nosotros dos, caben cuatro personas más—, soy yo la encargada de servir a los invitados, así que paso la mayor parte del tiempo en la cocina y, cuando encuentro un rato libre para unirme a ellos y conversar, he de sentarme en un taburete y mentir que estoy muy cómoda así. Mientras tanto, él entretiene a las visitas, hablándoles sobre todo de sí mismo. Ya que se considera de mal tono hablar de coños —la base de todo lo que él sabe—, el tema central suele ser su «arte», es decir, sus cuadros al óleo sobre lienzo que pinta en uno de los cuartos de nuestro piso —su «taller»—, por el que nuestros dos hijos, que siempre se están peleando, se ven obligados a compartir una habitación. Sus cuadros son de un amateurismo palmario. Los colores forman manchas pintarrajeadas, asfixiadas y deprimentes. Siempre que da una pincelada equivocada, la cubre con una capa de pintura nueva. El resultado es que sus cuadros parecen enormes muestras de vómito sobrecargado: una ración de comida medio cruda, abundante, masticada, que ha vuelto por donde había venido. Él cree que sus cuadros son «abstractos» y que «expresan estados de ansiedad o euforia», pero en realidad representan lo que mejor conoce: los coños, por dentro y por fuera. Supongo que los demás también se dan cuenta, al menos los más listos. Apuesto a que lo llamarán «el ginecólogo que pinta coños», y se reirán de él a sus espaldas. Pero se lo tiene bien merecido y, si resulta ser cierto, no me afectará para nada, más bien al revés: tengo la secreta esperanza de que se rían de él. Nuestros invitados, sin embargo, no se ríen, por lo menos no en su cara, más bien al contrario: muchos lo halagan. «¡Usted es un auténtico artista!», le dicen mirando los lienzos como si estuvieran delante de un cuadro de Leonardo. Es entonces cuando él suelta esa famosa frase suya: «Qué va, yo tan solo me dedico al arte», y añade, otra vez con su falsa modestia: «No soy más que un médico», perfectamente consciente del estatus que le otorga este oficio.

El segundo tema de conversación durante estas cenas suele ser, por supuesto, sus pacientes y los problemas de salud de cada una. Hay que decir que mi marido ha ido perdiendo los amigos que no tienen nada que ver con su profesión. Todas sus amistades actuales son también médicos, a quienes conoció en la facultad y a cuyas esposas recibe en su consulta. Juntos forman una «hermandad». Desde la perspectiva de hoy, las hermandades de hombres me hacen mucha gracia. Cuando era joven, en la época en que conocí a mi marido, veía con simpatía el hecho de que él tuviera una pandilla de amigos fieles. Pero entonces no me imaginaba de qué estaban hablando entre ellos. Tampoco me imaginaba qué decían de nosotras, sus mujeres. Y me parece que mi marido es el peor de todos ellos, más que nada porque es ginecólogo y tiene la ventaja de conocer las intimidades de las demás esposas. Desgraciadamente, sospecho una cosa muy grave y fea que me da miedo formular con palabras, y es que esos amiguetes podrían estar llevando a sus mujeres precisamente al consultorio de mi marido para poder controlarlas mejor. En caso de que alguno de ellos tuviese alguna enfermedad de transmisión sexual, sería fácil que mi marido se lo ocultase a ellas. Y si la «culpa» de tal enfermedad fuera de las propias mujeres, él se lo comunicaría a los esposos antes de que ellas mismas decidieran si hacerlo o no. No es más que una especulación mía de la que no tengo pruebas, pero esa pandilla de hombres afirma que su hermandad está «por encima de todo» y que harían literalmente cualquier cosa los unos por los otros. A veces pienso que son gais. Que si no fuera por nosotras, y si no existieran limitaciones sociales, se pondrían todos en fila y se darían por el culo. A veces, cuando estoy enfadada con ellos, me los imagino así: pegados uno detrás del otro como sardinas, como los vagones de un tren, moviéndose todos a un ritmo. Solo el primero no tiene qué hacer con su polla y se la sostiene en la mano, frustrado. Luego cambian de lugar, para que nadie de la hermandad salga perdiendo. En mis fantasías, nosotras, las esposas, los observamos a cierta distancia. Es lo que hacemos también en la realidad. Ellos hablan y nosotras miramos, o a veces intercambiamos recetas en voz baja cuando nos cansamos de su cháchara. De vez en cuando las esposas consiguen intercambiar a escondidas alguna palabra con mi marido en el pasillo, como una consulta médica extraordinaria. «Prueba con una dosis de Betadine», llego a entreoír, o bien: «Tal vez sea de la comida, no sé por qué siempre me sale». «No hagas dieta.» «¡Pero si como muy bien! Incluso he dejado de fumar.»

Nos conocimos en la silla ginecológica, cuando fui a su consulta para un examen. Me trató con suma amabilidad y delicadeza, me encantó su actitud. Yo era muy muy joven —eso también hay que tenerlo en cuenta—, y mis anteriores ginecólogos habían sido rudos, negligentes, desagradables. No es que yo tuviera ningún problema de salud, en absoluto. Primero me invitó a que me sentara en su consulta, predisponiéndome con una conversación cordial, cercana. Como telón de fondo había puesto una música clásica muy agradable, me ofreció una infusión de frutas que ya tenía preparada. Cuando me relajé un poco, me indicó el lugar donde podía cambiarme: era una estupenda cabina pequeña, con unas bonitas y suaves pantuflas blancas en el suelo, un perchero nuevo a varios niveles para la ropa y una bata blanca muy chula que me puse antes de subirme a la silla ginecológica. Cuando me senté, él me dijo: «Más abajo, guapa, un poco más abajo», dándome unos ligeros toques en los muslos para hacerme bajar. Después empezó a hablarme mientras preparaba el espéculo vaginal, advirtiéndome de lo desagradable que sería, pero que él procedería con cuidado, incluso trató de calentarlo un poco para no provocarme incomodidad al introducirlo. Y la manera en que me abrió los labios de la vagina antes de colocar el espéculo me produjo una sensación de calidez que me llegó al alma. Después se puso a examinarme por dentro, mientras yo examinaba su cara. Me pareció guapo, muy guapo, superguapo. Sus ojos azules miraban dentro de mí como si contemplasen una puesta de sol sobre un lago en calma. La cara pareció enternecérsele.

—¡Ay, qué perfección! Tienes una anatomía bellísima —me dijo, repitiendo lo mismo al hacerme una ecografía de los ovarios—. Tienes un útero precioso —reiteró varias veces.

Pero antes de llegar a la ecografía, hizo algo que ahora estoy segura de que lo hace también con otras mujeres, quizá por eso sea tan popular, además de por las suaves pantuflas, el perchero chulo, la infusión y la actitud amistosa. Empezó a pincharme por dentro con sus largos y tiernos dedos para averiguar si sentía algún dolor. Desde luego, antes de pasar a la acción me pidió mil disculpas y me explicó qué era exactamente lo que haría. Pero al hundir el índice, girándolo a la derecha y a la izquierda, con los demás dedos me rozaba delicadamente el clítoris. Sentí placer. Volví a los seis meses, mintiéndole que notaba un picor. «Es una maravilla, todo es una maravilla», decía. «Nunca he visto una anatomía tan limpia y maravillosa», repetía mirando casi amorosamente dentro de mí. Y así cada seis meses, durante tres años, hasta que un día nos encontramos en una cafetería de la ciudad y él, en estado de embriaguez, declaró que yo era su paciente más hermosa, «con el…, cómo decirte…, empieza por c…» más hermoso que había visto hasta entonces. Luego comentó que, tras esa confesión suya, yo ya no podía ser paciente suya, pero sí su novia. Unos meses más tarde me propuso ser su esposa, y yo acepté. Entonces yo tenía veintidós años. Él, treinta y ocho. Sigo siendo paciente suya.

Sus cuadros son el principal motivo de nuestras peleas, pero no su causa. La causa es más compleja, pero he aquí otro ejemplo: un día mi marido y yo estábamos hablando de arte. Por supuesto, él se ve a sí mismo como una suerte de Chéjov: alguien que, siendo médico, más tarde ganó fama de gran artista. Estábamos hablando de nuestros escritores, pintores y músicos favoritos, cuando yo mencioné lo mucho que me gustaba la poesía de Sylvia Plath. De pronto pareció como si se le hubiese ocurrido algo en aquel momento.

—¿Te has dado cuenta de que todos los grandes artistas son hombres? —me dijo.

Yo era consciente de ello desde antes y lo sentía como un punto débil. Con disgusto tuve que contestar afirmativamente.

—¿Por qué crees que es así?

Reflexioné. No pude improvisar una respuesta inmediata como la que ahora le dispararía en ráfaga a la cara: que las mujeres nunca tuvieron las condiciones adecuadas para ser creativas. Que simplemente no se lo permitieron, ya que se pasaban todo el santo día en casa limpiándoles el culo a sus hijos, como hice también yo mientras él se paseaba por China, África o Europa, asistiendo a conferencias e inspirándose.

—Pues… —balbucí, de lo que ahora me arrepiento muchísimo.

—Porque los hombres son el espíritu; y las mujeres, el cuerpo. Los hombres son creativos; y las mujeres, prácticas. Los hombres miran hacia arriba; las mujeres, hacia abajo. Las mujeres no pueden ser artistas, no es propio de su naturaleza.

Me sentí muy ofendida, pero no sabía qué contestarle. Tenía veintitrés o veinticuatro años, si es que eso puede servirme de justificación ahora.

—Venga, dime el nombre de una gran escritora. De la categoría de un Dostoyevski, de un Chéjov, de un Hemingway, digamos —me dijo.

—Marguerite Yourcenar, por ejemplo —le espeté. Fue el único nombre que se me ocurrió en aquel instante.

—Esa no cuenta. Era lesbiana —replicó y se fue al baño, donde se pasó un cuarto de hora cagando, y yo tuve que irme a recoger al niño de la guardería, así que nunca llegamos a terminar esa conversación, en la que yo podría haberle enumerado a centenares de artistas hombres que fueron gais, como su amado Chaikovski, sin ir más lejos.

Sus ideas sobre la grandeza de los artistas y su deseo de ser pintor habían germinado en él hacía tiempo, pero dio el paso mucho más tarde, «tras cobrar conciencia de su vocación», como solía expresarlo. De hecho, se dedicó a la pintura de forma más intensa después del nacimiento de nuestro segundo hijo, es decir, hace ocho años. Para entonces yo ya estaba curada de espanto y no lo temía tanto. Cuando empezó a pintar, acostumbrada como estaba a cantarle ditirambos, yo le decía básicamente que sus cuadros eran maravillosos y que era todo un talento. Él se ruborizaba de contento cuando oía esas cosas y —como si de un momento a otro fuera a emocionarse o a echarse a llorar— miraba el lienzo acabado con los ojos húmedos. «¡Siempre he querido ser pintor!», declaraba. «Durante mucho tiempo vacilé entre la medicina y el arte. Pero papá me obligó a seguir sus pasos. Y ya ves lo que es el destino», repetía como embelesado. Yo me preguntaba por qué me diría todo eso a mí, su esposa, qué necesidad había de tanto postureo.

Más tarde, estuve un tiempo ignorando sus cuadros y, finalmente, hace un par de años, empecé a decirle que no me gustaban nada. La última vez que nos peleamos, en un rapto de cólera, le espeté que me parecían coños feos pintarrajeados, o en su defecto una tortilla, o vómito. Se ofendió como nunca hasta entonces.

—Yo al menos trato de hacer arte —dijo—. ¿Y qué es lo que haces tú?

—Lo que tú haces no es arte, sino cagarte —le repliqué.

Se hinchó de ira. Vi cómo se le encendía la cara, pero, como sabe dominarse, muy pronto el color rojo se desvaneció y a los diez segundos recobró su aspecto habitual.

—Muy graciosa… —se limitó a comentar, porque no se le ocurrió nada mejor—. Qué pena que no seas escritora —dijo a sabiendas de que yo siempre había querido dedicarme a escribir.

Se dio cuenta de que había conseguido picarme, de modo que siguió lanzándome dardos:

—Uy, se me ha olvidado que escribes poesía. ¿Por qué no me lees algún poemita, para que yo también pueda criticar? —me provocó con sarcasmo, soltando una risa triunfal, porque nunca había leído poemas míos.

Jamás le había permitido leerlos por una razón muy simple que ya no quería ocultarle. Fui al dormitorio y de debajo de la cama saqué las hojas donde había escrito poesía a escondidas, mientras él estaba trabajando. Le di el último poema. Le dije que lo leyera en voz alta.

Él yace a mi lado
pero yo sueño contigo
tu flor nocturna
se abre para mí
gimes como el viento
preciosa rosa mía
de tu néctar esta noche
hasta embriagarme bebería

La mandíbula de mi marido se quedó tiesa y pareció desplazarse un poco a la derecha al terminar la lectura. Me miraba fijamente, con los ojos como platos y con la cara muy pálida.

—La rima deja mucho que desear —le dije con cinismo—. Perdona que te haya decepcionado.

—No —respondió él—, no estoy decepcionado. Simplemente esperaba que fuera una mierda.

Un nido vacío

Siempre se me ha dado bien el dibujo. Soy creativa también en otras áreas, pero esta es la que más me atrae. Ya en primaria era muy buena en las clases de dibujo, incluso varias veces llegué a ganar premios en concursos escolares. Pero en secundaria elegí un instituto especializado en ciencias de la salud, después hice las prácticas, conocí a mi esposo, di a luz y ya no tuve tiempo para dibujar. De esta manera, nunca pude perfeccionar mis facultades, pero ahora que los hijos ya se han ido de casa, puedo dedicarme a eso. Me he dado cuenta de que aprendo muy rápido, he hecho un progreso considerable y ya he superado definitivamente el nivel de aficionada.

Esto se debe probablemente a que nunca abandoné del todo mi talento, incluso en los momentos en que estaba más ocupada cuidando de mis hijos. Antes de que empezaran a ir a la escuela, les compraba libretas para dibujar, todo tipo de cajas de acuarelas, plastilina. No se me da muy bien la escultura: me di cuenta gracias a la plastilina. Por ejemplo, le hacía un pequeño elefante a mi hijo. Pero a él no le parecía elefante: decía que era un perro. Cualquier cosa que hiciera yo, a él le parecía un perro. Esto me molestaba un poco, aun tratándose del criterio de un niño pequeño. Le explicaba que no era un perro sino un elefante, señalándole la trompa y las orejas. Entonces él se sentía tonto y se echaba a llorar. Con mi hija tampoco conseguí grandes éxitos en el arte de la plastilina. Ella tenía la mala costumbre de despedazar los animalitos y las figuritas humanas que yo hacía, lo cual me afligía bastante. Y, lamentablemente, a pesar de mis esfuerzos por desarrollar en ellos un espíritu creativo ya en la edad preescolar, todo resultó en vano: estaba claro que no habían heredado mi talento artístico. Por eso, cuando empezaron la escuela, solía ayudarlos con las tareas para las clases de dibujo. De alguna manera, así me mantenía en forma, ya que eran los únicos momentos «libres» de los que disponía: por un lado, tenía la oportunidad de hacer algo por mis hijos —lo cual era mi obligación de madre—, y al mismo tiempo disfrutaba de lo que hacía. A veces, he de reconocerlo, yo era la autora de los dibujos que les encargaban hacer en casa. Pero todo acabó de una forma muy fea justo cuando mi hija estaba a punto de terminar la primaria. Siempre que me acuerdo de lo ocurrido, me invade una ola de furia y de vergüenza al mismo tiempo, y me dan ganas de romper algo, pero consigo dominarme. En aquella ocasión, no sé cómo me contuve para no darle una bofetada a la maestra, y qué ganas tuve de agarrarla de aquella sucia trenza pelirroja. Eso sí, le tiré la carpeta al suelo verde laminado, con tal estrépito que la tipa dio un respingo, pero eso no fue más que el anuncio de mi siguiente acto: agarré su fea jarrita de pinceles y pasteles y con todas mis fuerzas la estrellé contra el suelo. Vi cómo un pedacito salió despedido hasta el otro extremo del aula. Los pinceles y los pasteles se desperdigaron por doquier y algunos terminaron debajo del radiador, donde la mugre y el polvo eran más abundantes.

—Otra vez estabas borracha —me acusó injustamente mi marido.

Muy típico de él. No era cierto que estuviera borracha. Él mismo nunca estaba completamente sobrio fuera de su horario laboral, porque de haberlo estado al menos por un instante cuando la maestra de marras le puso un notable a nuestra hija, sin duda se habría cabreado como me cabreé yo. Por si fuera poco, mi hija me comunicó la noticia con una dulzura tan insidiosa que no me pude contener y fui a hablar con la maestra al día siguiente, durante el recreo largo.

Por la mañana me levanté un poco antes de lo acostumbrado, para tener tiempo de ir a la peluquería. Me puse un traje nuevo. Me maquillé en tonos mate. Antes de salir de casa, me miré en el espejo grande del pasillo para apreciar mi nuevo *look,* y me pareció fresco y estridente. Quedé satisfecha: quería transmitir una imagen de mujer fuerte, como me siento todo el tiempo. Llegué a la escuela y entré en la sala de profesores. No me hizo falta preguntar por la maestra de dibujo: saltaba a la vista quién era. La más desaliñada, es decir, la de aspecto *artístico*. El pelo largo y sucio, teñido de naranja como la carrocería de un coche de los años 70. Por supuesto, más flaca que un fideo, con pequeñas tetas caídas y sin sostén, los brazos cubiertos por unas mangas de encaje. Toda adornada con joyas feas y baratas, compradas en algún supermercado. Me acerqué y le dije que quería hablar sobre las notas de mi hija. Me llevó a un aula desierta, en la que un poco más tarde yo haría trizas su fea jarrita con pinceles y pasteles.

Le pregunté por qué mi hija había recibido un notable por una naturaleza muerta tan excelente. Le pregunté si sabía cuánto tiempo y esfuerzo le había dedicado mi hija a aquel dibujo, y lo caros que eran los materiales con los que estaba hecho. Ella no paraba de asentir con la cabeza, mirándome con sus ojos amarillos, pintarrajeados con un delineador barato, del que se le habían caído varias motas debajo del párpado inferior. Después, con todo el desparpajo del mundo, declaró que apreciaba mucho los esfuerzos y el trabajo de mi hija durante las clases, pero que le había puesto esa nota porque el dibujo no era suyo.

En ese momento yo empecé a mentir y a sobreactuar. Me doy cuenta de que no fue ético por mi parte, pero una vez tomada esa dirección, ya no pude parar ni volver atrás. Le dije que sus acusaciones eran *absurdas, estúpidas* y *extremadamente arrogantes*. Sí, dije, probablemente yo participé en la creación de la naturaleza muerta *guiando* a mi hija en el proceso de elaboración y ayudándola con determinados trazos, porque yo misma dibujaba y sabía ciertos trucos que los aficionados tal vez desconocieran. Pero luego volví a negar enérgicamente que el dibujo no fuera de mi hija, declarando una vez más que semejantes acusaciones carecían de fundamento y que la maestra no podía demostrarlas de ninguna forma.

—Sí puedo demostrarlas —contestó sin que le temblara ni un músculo de la cara, o al menos eso me pareció—. No tengo más que pedirle que dibuje una granada. Y el notable es la calificación que le he puesto a quien haya hecho este dibujo, no a su hija.

En ese punto perdí los estribos, y sigo perdiéndolos cada vez que me acuerdo de su cara huesuda diciéndome aquellas palabras. Me dan ganas de partírsela.

Mi marido, desde luego, me acusó de ser siempre yo la que metía la pata y la que provocaba todos los problemas relacionados con nuestra familia y nuestros hijos. Me echó en cara que él se pasaba día y noche trabajando para crear los *contactos* que nos permitieran medrar en la sociedad, mientras que yo se lo agradecía con semejantes *desplantes vergonzosos de borracha*. Esas palabras suyas me ofendieron. En aquel momento su aliento apestaba a alcohol, lo cual me hirió aún más y se lo dije. Esa noche tuvimos una gran pelea, destrozamos los cristales de las ventanas de nuestro dormitorio y de su despacho.

Después de aquel incidente ya no volví a dibujar para nuestros hijos. Además, justo en aquella época dejaron de tener clases de dibujo en la escuela. El tiempo siguió siéndome adverso e impidiéndome progresar. Pero, de una u otra manera, logré conservar mi creatividad, encaminándola poco a poco hacia nuestro jardín. Aunque podíamos permitirnos contratar a un jardinero, yo decidí ocuparme personalmente de arreglarlo. Eso me ayudó, además, a mantenerme en buena forma física, porque justo por aquel entonces me pareció que mi cuerpo, de la noche a la mañana, diera de sí como un elástico viejo. Además de ordenar las flores y los arbustos y cuidar de ellos, hacía unas cercas de piedra impresionantes alrededor de los rosales y por todo el jardín. Hace poco empecé a hacer también esculturas y pequeñas fuentes entre las flores. Me desvivía por enseñárselo todo a nuestros invitados, y me complacía mucho cuando alguno de ellos elogiaba mi trabajo. De veras se trataba de un jardín excepcional, arreglado de forma muy creativa, con la única ayuda de mi fantasía desenfrenada y mi talento. Lo que más me dolía era que mi familia, como siempre, no supo apreciar todo eso: no obtuve ni su apoyo ni el más mínimo reconocimiento. Mi hija, como de costumbre, se rio de mí. Me recomendó que me ocupara de cosas con más sentido en vez de perder el tiempo con algo por lo que podíamos pagarle a un jardinero. Añadió también que yo siempre le daba la tabarra a la gente con mi jardín y que ya nadie quería oír hablar de mis arroyos de piedras. Mi hijo estaba presente cuando mi hija me lanzó ese despiadado ataque, seguramente movida por los celos, pues se empeña en rivalizar conmigo a pesar de que no es muy creativa, tiene la cabeza llena de pájaros y no es tan guapa como yo. Él le replicó que *no dijera tonterías,* pero eso no fue más que otra manifestación de su habitual cobardía, porque no quiso explicar lo que pensaba al respecto: solo trataba de caerles bien a todos, como siempre. En cuanto a mi marido, se limitaba a repetir: «Está bien, sigue con ello, si te hace feliz». Esas palabras sonaban aún peor. Como si fuera un pasatiempo sin importancia. Por su parte, jugar al *squash* le parece un pasatiempo importante, ya que en esos momentos él establece relaciones financieras con sus compis ejecutivos. Después del juego suelen ir a algún sitio a comer y beber, para volver a sus casas oliendo a sudor, a cebolla y a alcohol.

Todo eso, sin embargo, no me desalentaba. Los hijos se fueron del hogar familiar y, de la noche a la mañana, yo me vi con tanto tiempo libre que podía hacerme cargo de cien jardines más. Me di cuenta de que me pasaba un montón de tiempo en el jardín, contemplando mis flores. Y fue allí donde encontré el estímulo, la inspiración para los cuadros que hago. Al igual que el célebre Manet, descubrí que pintar al aire libre, con los colores a la luz del sol —los más genuinos de la naturaleza, cambiantes según la hora del día—, era la forma más auténtica de pintar. Los que no entienden de pintura no se dan cuenta de lo difícil que es en comparación con hacerlo en un taller. Desde luego, yo tengo también un taller en casa —la antigua habitación de mi hija—, pero pintar al aire libre es un reto mucho mayor. Las sombras se desplazan cada tanto por el movimiento del sol y las nubes, lo que conlleva una constante modificación de la idea que hay detrás del cuadro. El realismo no es lo más importante para mí. Desde luego, me parece fundamental que se pueda reconocer si la imagen representa una petunia, una gardenia, un crisantemo o una gerbera, pero el realismo, repito, no me importa. A veces llego a combinar todas esas flores, como en un ramo, aunque en mi jardín no están unas al lado de otras. Es decir, me permito una gran libertad artística, lo cual me llena de satisfacción.

Hasta cierto punto fue esa afición mía la que me impulsó a alojar a mi sobrina en nuestra casa mientras duraban sus estudios en la universidad, ahorrándole así los gastos de alquiler. Además, me sentía en deuda con ella y su familia, ya que su abuelo me había ayudado mucho en mi juventud. Quería pagar de alguna manera aquella deuda y decidí invitarla a que viviera con nosotros durante su último año de carrera. En sus anteriores visitas con motivo de alguna fiesta me había parecido algo fatigada o desaliñada. En fin, la situación económica de su familia no es exactamente brillante, y ella estudia artes plásticas y a veces trabaja como diseñadora para ganarse algún dinerillo. Para ser sincera, el que ella estudiara arte tuvo cierto peso en mi decisión de invitarla a casa cuando se fueron nuestros hijos. Tenía la esperanza de encontrar un alma gemela con quien pudiera conversar sobre mis cuadros. Pero en ese punto me equivoqué de medio a medio.

Para empezar, yo había esperado de ella que les dedicara mayor atención a mis cuadros y que quisiera hablar de ellos conmigo. Pero mi sobrina no parecía muy dispuesta a asomar la nariz fuera de su habitación cuando yo estaba pintando en el jardín. Se pasaba horas encerrada, trabajando en el ordenador. Pintaba solo en el taller de la universidad, aunque yo le había ofrecido que compartiéramos el mío o que trabajara en la casa. Y si tenía que pasar por el jardín cuando yo estaba pintando allí, nunca se detenía, tan solo me saludaba con un movimiento de cabeza, esbozando una sonrisa educada. Fue una señal más de que algo entre nosotras no iba a funcionar.

Otro síntoma de que no nos llevaríamos bien y de que había cometido un error al invitarla a casa fue su reacción a mis cuadros. Primero me dijo: «Qué bien, excelente, me alegro mucho de que usted pinte», como si yo fuera una niña pequeña y no una artista consumada. Esas palabras suyas volvieron a molestarme. Luego la llevé a mi taller para mostrarle los cuadros para la exposición que tenía planeada. Se titularía *Le quattro stagioni*, como la célebre obra de Vivaldi. Había pintado la vegetación del jardín en todas las épocas del año. Y así tenía ordenados mis cuadros, según las cuatro estaciones. Los menos numerosos eran los correspondientes al invierno, por supuesto, porque entonces faltaban las flores en el jardín y, aunque yo había tratado de representar las ramas secas de los árboles o los arbustos de hoja perenne bajo la nieve, había poco donde elegir. Por eso los ciclos titulados *Primavera* y *Verano* ofrecen la mayor riqueza.

Nos detuvimos delante de los cuadros y yo empecé a explicarle el contexto. «Es muy original, ¿verdad?», le pregunté, porque ella seguía sin abrir la boca, mirando los cuadros con la misma sonrisa rígida y educada. «Sí, sí», asentía con la cabeza. Me preguntó qué marca de pintura al óleo utilizaba, dónde compraba los lienzos y otros aspectos técnicos sin relación con los cuadros. Luego empezó a destacar algunos detalles. «Aquí el colorido es muy rico». O bien: «Un color realmente único». O bien: «Esta imagen es muy expresiva». Pero no dijo ni una sola vez que algo le gustara o que fuera *bonito*. Solo le pareció *bonita* una cosa: los marcos. Me los había comprado mi marido. Los elegimos juntos. Él tiene buen gusto para esas cosas. Se le da bien la decoración de interiores: amuebló y organizó toda la casa. Los marcos de mis cuadros son otro de sus méritos. «Son caros», comenté. «Ya veo», respondió mi sobrina. Así acabó mi pequeña exhibición familiar.

El tiempo pasaba, pero mi rencor hacia ella no disminuía. Sobre todo, porque siguió ignorando mi arte, del todo insensible al hecho de que vivía en casa de otra artista como ella. Empecé a creer que seguramente me considerara una competidora. Como que se resistía a abrirse a mi energía, a sentir la sinceridad y el calor de lo que yo estaba haciendo, y a aceptar, a través de esos cuadros, la belleza del mundo. En lugar de eso, se rodeaba de la fealdad de sus propios dibujos. Estos representaban siempre unas figuras demacradas, exánimes, de mujeres desnudas en tonos blancos, negros y grises, con ciertos matices rojos. Todas las mujeres estaban gritando o llorando, agarrándose del pescuezo o arrancándose los pocos pelos que les quedaban. Se parecían un poco a aquel cuadro de Munch, *El grito*. A veces no se podía decir si eran mujeres o tan solo seres indeterminados. Sus mujeres solían tener pechos, pero secos y estirados como los de las africanas.

Algunas tenían solo una teta, las de otras estaban cortadas. Ciertas figuras aparecían con unas feas alas desgarradas. Yo sentía escalofríos al mirar sus dibujos. Parecían imágenes que no se podían ver más que en una pesadilla. «Muy interesante», comenté, con la misma sonrisa educada que ella dedicaba a los cuadros de mi futura exposición.

Sentí su rivalidad también en la forma que poco a poco tomó su actitud hacia mi marido. Nada más verlo, sonreía de oreja a oreja, mostrando todos los dientes. El cuerpo entero se le relajaba de golpe y su porte adquiría ciertos rasgos varoniles. Se encorvaba ligeramente, metía las manos en los bolsillos y movía los codos a la derecha y a la izquierda cuando hablaba. Además, me di cuenta de que también él reaccionaba a su presencia. Reía más de lo normal. Incluso se reían los dos juntos, a carcajadas. A veces, cuando yo estaba trabajando en el jardín, oía el estallido de la doble risotada desde el interior de la casa: me los encontraba sentados en la barra de la cocina, bebiendo vino y contándose chistes. Bastaba que yo entrara para que en seguida cesara el jolgorio. Yo me esforzaba en unirme de alguna manera a la conversación, y ellos por su parte también trataban de incluirme, pero indefectiblemente terminábamos yéndonos cada uno a sus cosas. Intentaba también acompañarlos cuando veían una comedia en la tele. Se trataba de unos dibujos animados de cuatro niños que todo el tiempo decían palabrotas y se pegaban los unos a los otros. Mi marido y mi sobrina se desternillaban de risa hasta que se les saltaban las lágrimas. A mí todo aquello me parecía asqueroso y malsano, y no tenía ningún interés en perder el tiempo de esa forma.

Una noche, antes de dormir, en la cama matrimonial, mi marido y yo hablamos con sinceridad sobre mi sobrina.

—Me sabe mal. Me parece que no le caigo muy bien —me quejé.

—¡Qué va! —repuso él—. No solo le caes bien, sino que siente mucha gratitud y cariño hacia ti.

—Entonces será que no lo demuestra. No es que se porte mal conmigo, pero ya ves qué bien congeniáis vosotros dos.

—Es porque tenemos intereses similares. Es una chica a la que le gusta leer sobre historia, le interesa la política, le encanta la sátira. Tenemos un sentido del humor muy parecido.

No sabía qué responder a eso. Significaba que el sentido del humor de él y el mío eran diferentes.

—No le gustan mis cuadros.

—No es que no le gusten. Siempre habla en términos muy elogiosos de ti y te apoya. Cree que debes hacer una exposición lo antes posible.

Solté un bufido de disgusto y desacuerdo, aunque por poco me pongo a llorar de autocompasión.

—Tenéis sensibilidades diferentes —prosiguió.

No dije nada.

—Es a *ti* a quien no le gustan sus dibujos.

—Yo la doblo en edad y tengo más experiencia —repliqué ofendida. Mi esposo se dio cuenta y trató de calmarme.

—No debes menospreciarla. Es una persona adulta. Solo tenéis sensibilidades diferentes. Eso es todo.

Me tomó de la mano y se durmió. Al sentir su respiración acompasarse, yo también me dormí.

Estuve menos susceptible y un poquito más tranquila durante un tiempo, hasta que hicimos una gran fiesta con motivo de nuestro trigésimo aniversario de casados. Ya que era el mes de mayo y hacía calor, organizamos una recepción grandiosa, de lujo, en el jardín. Dediqué mucho trabajo a la organización del evento, al cuidado del jardín y de mí misma. Quería que todo estuviera impecable. Me puse bótox en la frente, durante un mes entero fui al gimnasio y a masajes, tomé tés *detox*. Me hice un vestido azul de seda cruda que me quedó perfecto. A mi marido le hice un traje y una corbata, también azules. Él, para ser sincera, parece mucho más viejo que yo, aunque es solo tres años mayor. Lo que más lo avejenta es la calvicie, la tripa y la papada como la de un palomo (la tenía ya de joven, pero ahora es el doble de grande). No le importa su aspecto y no cuida su salud. En la fiesta todos le decían de manera más o menos directa que, de nosotros dos, parecía como si solo él hubiera envejecido. Le molestaba —esas cosas no se me escapan—, pero aun así estaba orgulloso de que yo no hubiera perdido mi hermosura y lozanía. Me tenía abrazada por la cintura y me empujaba suavemente de mesa a mesa, de barra a barra, donde nos deteníamos para conversar con diferentes grupos de amigos, conocidos y compañeros suyos del trabajo. En cada mesa, en cada barra, en cada rincón del jardín, mi marido brindaba con los invitados. Siempre que veía al camarero cerca, cogía de la bandeja otra copa de vodka con hielo. El camarero se dio cuenta de que mi esposo bebía con ganas y aumentó la frecuencia con la que pasaba a su lado. Yo empecé a darle pellizcos en el costado y a fulminarlo con la mirada, señalando su copa.

—¡Ji, ji! —se reía por la nariz, como siempre que estaba ebrio, echando la cabeza hacia atrás—. ¡Ni que tú estuvieras sobria!

Fue entonces cuando todo comenzó a irse al garete. Como para remachar el clavo, él bebía cada vez más y más. La lengua empezó a trabársele y ya no me daba empujoncitos ligeros, abrazándome por el talle como antes, sino que se agarró del cinturón de mi vestido haciéndome sentir su peso. «Compórtate», le susurraba yo, pero él se volvió aún más ruidoso y torpe. En cierto momento me dejó sola en medio del jardín y desapareció. Estuve un rato caminando de acá para allá, buscándolo en vano por todos lados. Entré en la casa y recorrí todas las habitaciones. Tampoco estaba. Le pregunté a mi sobrina si lo había visto. Como siempre, ella me sonrió educadamente, y respondió que lo había visto hacía cinco minutos, a mi lado. Se me ocurrió buscarlo en la parte trasera del jardín. Efectivamente, allí lo encontré, con la frente apoyada contra el tronco del arce más grueso y el pene sujeto con las dos manos.

—No puedo mear —gimoteaba, balanceando los muslos a derecha e izquierda, adelante y atrás.

Lo llevé al baño, lo senté en la taza del inodoro y salí a esperarlo delante de la puerta, no fuera que se cayese y se golpease la cabeza contra el lavabo o la bañera. Cuando tiró de la cadena, volví a entrar y le hice lavarse la cara con agua fría. Eso le despejó un poco la cabeza, devolviéndole el buen humor. Al salir al jardín, tomados del brazo, encontramos a nuestros invitados conversando y disfrutando del ambiente: no se habían dado cuenta del pequeño incidente.

Como si se hubiera propuesto seguir provocando catástrofes, mi marido se acercó a un grupo en el que estaban nuestros amigos Olga y Yan, que tienen una galería.

—Mi señora, aquí presente —se detuvo y me lanzó una mirada indescifrable, entrecerrando uno de los ojos—, sabéis que últimamente pinta mucho.

—Sí, sí, lo sabemos. —Todos los integrantes del grupo asintieron con la cabeza, con sonrisas educadas, como la de mi sobrina.

—Ya va siendo hora de que haga una exposición —declaró en voz alta uno de los presentes, a quien yo veía por primera vez.

—¡Brindemos por ello! —gritó mi marido y todos levantaron las copas—. ¡Por la humanidad! —volvió a vociferar. Todos lo miraron sin entender, con las copas en alto—. ¡Por la exposición humanitaria de mi mujer! —alzó un poco más la voz y en ese instante todos se relajaron un poco y chocaron las copas. Todos me sonreían de forma especial cuando se acercaban a mí, lo cual me ponía los nervios de punta.

—¿Qué exposición? —dijo mi sobrina, que había aparecido de repente y se había unido a nosotros.

—Le vamos a organizar una exposición humanitaria a tu tía —dijo Olga, señalándome con un movimiento de cabeza.

—Excelente noticia —comentó mi sobrina, muy formal y educada, como siempre.

—¡Ahora veo de dónde vienen los genes artísticos de la sobrina! —exclamó en voz alta Yan, dirigiendo la mirada hacia ella. Mi sobrina esbozó una tímida sonrisa y tomó un trago de vodka.

—Excelente, excelente —decía asintiendo con la cabeza mi marido, los ojos cerrados y la boca torcida hacia abajo—. Un talento excepcional. Con una visión artística enorme.

Mi sobrina se miró los zapatos. Me di cuenta de que estaban gastados.

—¿Y por qué no les organizamos una exposición conjunta? —propuso Olga con un brillo estúpido en los ojos.

—¡Ah, no! —se opuso rotundamente mi marido. Incluso con cierta arrogancia, algo que normalmente no se permitía ante sus compañeros de trabajo—. La joven es una profesional y la vieja es una aficionada, al fin y al cabo.

No quedó ahí la cosa.

—Su arte, si es que se le puede llamar arte, je, je… —se rio de su propia ocurrencia—, es, cómo decirlo…, un arte aplicado, para las masas. Por eso puede servir para fines humanitarios.

—¿Te he dicho que estás fenomenal? —me dijo de repente Olga.

Las palabras salieron solas de mi boca:

—Nunca, *nunca* más digas eso de mi pintura. ¿Está claro? —Oí de pronto mi propia voz, alta y tajante, y me di cuenta de que le estaba dando fuertes pinchazos con el índice en el pecho.

—Está bien, perdona —murmuró, negando con las dos manos delante de su pecho y sujetando al mismo tiempo con dos dedos la copa de vodka. Luego inclinó el cuerpo y dio un paso atrás. Quiso dar otro paso, pero perdió el equilibrio y cayó de culo al suelo.

A partir de ese instante tengo lagunas en la memoria.

El día siguiente era domingo y me desperté tarde, con un fuerte dolor de cabeza latiéndome rítmicamente en las sienes. Reinaba un silencio lúgubre, aunque afuera hacía un tiempo soleado y sereno. Cerré todas las persianas de la habitación, ya que la luz intensificaba las punzadas de dolor en mi cabeza. Volví a acostarme y cerré los ojos. Poco a poco fui cobrando conciencia de todos los sonidos de alrededor: el sordo zumbido en mis oídos, el rumor de las hojas, los crujidos del tejado, el bramido lejano del motor de un automóvil. Y luego, dos voces que conversaban por lo bajo.

Me levanté de la cama y me fui de puntillas en dirección a los murmullos. La conversación fue haciéndose cada vez más nítida a medida que me acercaba al despacho de mi marido. Detrás de la puerta se oían las voces distantes de él y de mi sobrina. Pegué la oreja a la puerta, cerrando los ojos.

—No seré sincero si le pido disculpas.

—No importa, tienes que hacerlo. No hubieras debido decirle tan directamente lo que pensabas.

—No puedo. Tal vez no le venga mal darse cuenta de que dibuja como un niño de tercero de primaria. Me avergüenza delante de mis compañeros de trabajo. Y, para colmo, ayer, con lo borracho que estaba, yo mismo le apalabré una exposición. ¡Tierra, trágame!

Los dos se callaron.

—¿Y si le dieras un par de clases? Para enseñarle algún truco.

—Es inútil. No tiene talento. Y, además, es muy vanidosa. Un día traté de explicarle ciertas cosas y no te digo la mirada que me lanzó, estaba que echaba chispas. Hasta me asusté. Se pone muy agresiva.

—¡Y tanto! Ya la viste ayer.

—Tengo miedo de que me eche de aquí.

—No te puede echar. Esta es mi casa.

—Pero también es suya.

—Sí, suya también. Así y todo, ella te quiere. Yo también la quiero. No sé qué hacer. Intenté que fuera a terapia por la bebida. Le encontré una psiquiatra excelente. La esposa de un compañero de trabajo mío. Pero ella me acusó de tratarla como si estuviera loca y ahí acabó la historia. Después me espetó que el borracho era yo y que proyectaba mis problemas sobre ella porque era incapaz de aceptar mi propia condición de alcohólico.

—Bueno, para ser sincera, los dos bebéis. Y yo también.

—Es verdad, pero ella bebe por el dolor que la atormenta, mientras que tú y yo bebemos de alegría. La verdad, no sé qué hacer en este caso.

—Ojalá supere este periodo difícil. Es que todavía no ha decidido qué hacer con su vida después de que se marcharan sus hijos.

—Tienes razón. El síndrome del nido vacío.

—Ya, el síndrome del nido vacío.

De repente el dolor se me trasladó de la cabeza a la parte superior del estómago. Cada bocanada de aire que tomaba me hacía daño. Las piernas se me volvieron tan pesadas que a duras penas pude bajar por la escalera. Entré en el taller, donde estaban mis cuadros. Me puse delante del nuevo caballete. Cogí un pincel, queriendo pintar la negrura de mi vientre, el plomo de mis muslos y de mis rodillas. Pero me quedé inmóvil, de pie frente al lienzo blanco, sin saber qué hacer.

Un hombre de rutina

No se sabe si mi marido seguirá siendo embajador durante mucho tiempo, porque por mi culpa quizá lo retiren de su función, o tal vez él mismo se vea obligado a dimitir. De eso, claro, no hablamos. Al volver a casa, se va al jardín, se acomoda en una tumbona, toma vodka con hielo y fuma un habano. Mi Manol también toma vodka, pero siempre puro, sin hielo. Miento. A veces le echa hielo, sorprendiéndose a sí mismo: «Para variar un poco», dice. Lo de variar se extiende a toda su filosofía de vida. Le encantan los cambios. Por ejemplo, cada dos o tres semanas altera el orden de los cuadros en su casa o la distribución de los muebles. No son cambios significativos, como los que emprendía mi madre cuando cada dos años renovaba completamente el piso, una actitud que, según el psiquiatra, nacía de la necesidad de escapar de sí misma para reencontrarse en otra cosa. En el caso de Manol no se trata de transformaciones tan radicales. Los cambios que introduce son pequeños y simpáticos, pero sus hábitos suelen permanecer estables. A mí, en cualquier caso, me gustaría llegar a ser un hábito para él, un factor constante en su vida, como lo fue aquella joven furcia llamada Maya. No sé cuántos años tendría la muy zorra cuando se lo ligó, pero estaba como una cabra. Por suerte, encontró a un hombre más rico y más famoso y dejó en paz a mi Manol. Si no, no sé lo que habría sido de él. Tal vez se habría quedado con ella. Afortunadamente, allí estaba yo en ese momento. Sí, me gustaría convertirme en un hábito estable para él y que me tuviera para siempre, aunque no puedo estar segura de que no se le ocurrirá hacer otro cambio en su vida de repente, de la misma forma que cambia la disposición del mobiliario. Pongamos por caso que yo me vea obligada a salir de aquí con mi marido, el embajador, para seguirlo a su próximo destino. Un día de estos hablaré con él para ver si es posible resolver de alguna forma eso que los demás denominan un escándalo, porque yo quiero quedarme aquí, donde está Manol, donde conocí a Manol. Porque, si me voy, Manol seguramente hará cambios más frecuentes. No se puede decir que no sea guapo, ni que las mujeres no se le peguen. Y también a él le gustan las mujeres, sobre todo cuando está borracho, y, no nos engañemos, suele estarlo. No hay quien lo saque de aquel maldito bar, al que dejó de ir con tanta frecuencia solo gracias a mí. O, quién sabe, a lo mejor cambió de sitio, decidió que quería beber en otra parte. Eso, por ejemplo, nunca le ocurriría a mi marido. Lo sé, hay cierta ironía en el hecho de que mi marido y yo viajemos todo el tiempo a causa de su oficio y que al mismo tiempo él sea reacio a los cambios. Cada dos por tres él tiene que cambiar lo más importante: su lugar de residencia. Pero, en el fondo, no quiere cambiar nada. Y allí está, sentado en el jardín cada tarde después de volver a casa, bebiendo vodka siempre de la misma copa, fumando los mismos puros de toda la vida, y ahora está triste porque se le ha muerto el perro. Era un mastín de color amarillo. A mí me fastidiaba que fuera tan grande y no lo quería. El perro tampoco me quería a mí y, en vista de su tamaño, era yo la que me apartaba de su camino. No se imaginan ustedes los problemas que ocasiona un perro como ese a la hora de viajar. De todos los animales del mundo, mi marido eligió un mastín, probablemente con la esperanza de que ese perro lo anclase en algún sitio, ya que no quiere ningún cambio en su vida. Una de las ventajas de su profesión es que, cuando tiene que hablar en público o prepararse para un acto oficial, por ejemplo, siempre actúa de la misma manera y dice las mismas cosas. Por lo general, son frases huecas que a nadie le interesan, pero nunca faltan en las recepciones y demás eventos. Manol, en cambio, es diferente cada vez que sube al escenario. Y eso que en uno de sus papeles estelares fui a verlo en diecinueve ocasiones. Por supuesto, fui también a las otras representaciones donde él tenía papeles secundarios. Al principio, eso le agradaba. Pero después de la décima vez empezó a preocuparle un poco. Sé que mi actitud no era normal, pero yo no podía parar. Cuando lo veía actuar, no solo tenía la sensación de levitar, de que mi alma estaba volando, de llevar por dentro un fuego frío que se avivaba siempre que me acordaba de cómo hacíamos el amor, sino que, además, me ponía a cien ahí abajo. Lo último no se lo decía exactamente de esa forma. A menudo le confesaba que él me excitaba mucho, que cuando lo veía o pensaba en él, me ponía toda esponjosa y húmeda, como un capullo en primavera. Pero no me atrevía a revelarle el efecto de sus espectáculos sobre mí, porque intuía que le iba a preocupar aún más. Para tranquilizarlo, le dije que lo estaba analizando, que estudiaba la forma en que los actores establecían contacto con el público, y que todo público exigía del buen actor algo nuevo. Al oír eso, Manol sonrió y quiso saber si yo era teatróloga. No, le respondí, y él no me preguntó cuál era mi profesión: nunca me lo preguntó. Afortunadamente, diría yo, porque yo no tengo profesión, el que la tiene es mi marido. Pensándolo bien, hasta cierto punto él también es actor. Todo el tiempo disimula su exasperación por los países donde residimos. Finge no pensar que los autóctonos son unos palurdos incivilizados que se pelean entre sí y se matan sin motivo. Cuando la embajada patrocina alguna organización, él aparenta interés, sobre todo si está relacionada de algún modo con la cultura. Va a recepciones, presentaciones y otras celebraciones, da los mismos discursos en todas partes, con la misma sonrisa, con la copa de vino blanco levantada en alto, con el pin de la bandera macedonia y la nuestra, abrazadas amistosamente en la solapa de su chaqueta. En este tipo de recepciones suelo tomarme dos vasos de whisky de un tirón todavía antes de que haya empezado el acto. Así me siento más relajada y dispuesta a conversar con los nativos. Sé que les parezco rara con las mejillas sonrosadas, y Manol me dijo que también los ojos se me iluminan, que se me vuelven acuosos. Tus hermosos ojos, me repetía todo el tiempo cuando nos conocimos. Lo mismo me decía mi marido: que se había enamorado de mí por mis ojos. Pero ya lleva años sin mencionarlos ni besármelos. Mientras que Manol me los cubría de besos, antes de pasar a la otra cosa. Qué guapa eres, ay, estás buenísima para tu edad, me decía. Ah, pero qué guapa eres. Esa chaqueta te queda de maravilla, qué elegantes son esos tacones. En ocasiones, cuando hacíamos el amor, me pedía que no me quitara el sombrero de alguna de las recepciones a la que había asistido, o mejor dicho a la que habíamos asistido, porque, como era famoso, a menudo lo invitaban también a él. Unas cuantas veces, tras las recepciones o presentaciones, escapé con él a su casa, y entonces me hacía quitarme todo menos los zapatos de aguja y el sombrero. Y así me poseía, desde atrás. Mientras que mi marido ya ha dejado por completo de hacer el amor conmigo. Y si por casualidad ocurre alguna vez, insiste en que yo esté encima. Pero él ya no me excita, con esa cabeza puntiaguda y medio calva que tiene, con esos labios finos y la rubia barba incipiente cuando no se ha afeitado durante el fin de semana. Ese cuerpo lleno de lunares. Esos brazos y piernas sin músculos. Con todo, soy yo la que tengo que montarme sobre él a horcajadas, es decir, hacer todo el trabajo. Si pudiera estar tumbada bocarriba sería otra cosa. Con Manol a veces me pasa eso, pero a él le gusta hacerlo sobre todo por detrás, salvo cuando está demasiado borracho: entonces he de ponerme yo encima. Mi marido, en cambio, al volver a casa, se limita a tomarse su copa de vodka y fumarse su puro. Incluso tras la muerte del perro, al que él tanto quería y con el que solía jugar después del puro, sigue bebiéndose solo una copa de vodka. Yo pensaba que, ahora que el perro ya no está y en vista de su probable dimisión como embajador, empezaría a beber un poco más, o tendría ganas de conversar conmigo, pero él es un hombre de rutina, como ya he dicho, una persona propensa a fingir que todo sigue igual que antes. A Manol, por otro lado, ya he mencionado que le gustan los cambios, y eso cambió también las cosas entre nosotros. Primero, lo vi con una chica al final de una de sus funciones, delgada como la Maya aquella que fue su novia durante mucho tiempo. Esta fulana solo tenía ojos para Manol, y estaba haciéndole toda clase de carantoñas. Y él, con lo alto que es, le miraba la coronilla como si fuese un champiñón. Llegué, lo cogí de la mano y lo arrastré afuera. A partir de ese momento empecé a frecuentar más a menudo el bar donde él solía tomar copas por la noche después de las funciones, incluidas aquellas en las que no actuaba. Por allí se encuentran algunas de aquellas putas actrices a las que él se follaría en el pasado y probablemente se follará también ahora, por variar, porque le encantan los cambios. En diversas ocasiones me senté a su mesa, obligando a todo el mundo a hablar en inglés, porque yo, desde luego, no sé macedonio. Lo hacía con plena conciencia de estar arruinándoles la conversación. Poco a poco todos se iban y Manol quedaba todo para mí. También me gustaba hacer eso: llegaba por la noche, lo recogía antes de que se hubiera emborrachado demasiado, lo llevaba a su casa y allí hacíamos el amor sin que yo me quitara los zapatos de aguja, durante una hora entera si hacía falta. Pero las putitas aquellas empezaron a ponerme de los nervios cada vez más, sobre todo las jóvenes estudiantes de arte dramático. Una noche lo pillé con una. Estaban sentados a una mesa, él le mordía la oreja y ella se reía con lujuria. Me acerqué y le aticé un bofetón a la muy zorra. A él le dije que nos fuéramos en seguida de allí. Se puso de pie y abrazó a la chica, que estaba llorando por la muy merecida bofetada. Me gritó que estaba loca y que lo dejara en paz. Desde luego, no iba en serio, tuvo que decirlo porque yo le había pegado a la chica y él tenía que defenderla. Pensándolo ahora, creo que cometí un error. Dije que no me iba sin él. Manol siguió insistiendo en que me fuera. No sé cómo, pero empecé a desgañitarme. Desapareció detrás de la barra. Traté de seguirlo, pero el propietario me cerró el paso. Me parece que rompí varias botellas que había en la barra y que arrojé una copa de vino en dirección a la muchacha. Por casualidad le di a una mujer sentada detrás de ella, en una mesa con más gente. Lo siento por la mujer. Dos personas me agarraron y me sacaron afuera, a pesar de mi feroz resistencia. En ese instante llegó un automóvil de la embajada, me metieron dentro y me llevaron a casa, donde me esperaba mi marido. Estaba pálido, pero tranquilo, solo me dijo que me duchara para calmarme. Me informó de que probablemente nos tendríamos que ir de Macedonia. Después salió a la terraza y —imagínense— encendió un cigarrillo, lo cual era toda una novedad para él. En cuanto a mí, Manol no quiere cambiarme. Lo único que quiere es cambiar la dinámica de nuestra relación. Mientras que mi marido no tiene la intención de cambiar nada. Ni siquiera volvió a encender otro cigarrillo en la terraza. De manera que es completamente posible que nos quedemos aquí.

Papá

Di a luz en septiembre. Nuestro hijo se estaba retrasando una semana y, cuando ya no le quedó otra que salir de mi vientre, se resistió. Tardé un buen rato en volver en mí, no recuerdo cuánto exactamente, solo sé que cuando me lo trajeron no sentí más que agotamiento, mezclado con cierta ansiedad y, después, también otros sentimientos no del todo positivos. Pensé que se trataría de una señal. Debía de ser una señal de que las cosas entre nosotros no irían tan bien como cabe esperar de una relación entre madre e hijo.

Me lo dejaron en brazos y lo miré. Estaba envuelto como un cruasán. Tenía la cara azulina y arrugada, como un anciano ahogándose, y los ojos acuosos y vacíos, perdidos. En ellos no había nada, solo mis aguas, que lo estuvieron alimentando durante nueve meses. Movía la boca vagamente, sin emitir más que unos ligeros chasquidos. «Dale la teta», me dijo la enfermera y yo obedecí, sintiéndole por primera vez succionar de mí, chuparme; durante todo el periodo de lactancia, hasta que por fin lo desteté, tenía la sensación de que me estuviera ordeñando un pequeño extraterrestre.

Esa misma noche mi marido dio una fiesta en mi honor. Invitó a casa a todos nuestros parientes y amigos a comer *mekitsas,* según la costumbre. En total, por nuestro apartamento pasarían más de cincuenta personas. Entrarían sin quitarse los zapatos, usarían mi baño para mear y quizá cagar en mi inodoro. Alguno de ellos abriría el pequeño armario detrás del espejo y hurgaría en mis cosméticos y perfumes, vería mis compresas higiénicas y tampones caducados. Desparramarían trozos de queso por la moqueta nueva. La pisarían, meterían mugre en lo más profundo de sus hebras. Mi primo Žarko se posicionaría en el pasillo, junto a la puerta del baño, para acechar a las mujeres que salieran de allí y tratar de impresionarlas a voces con su deficiente sentido del humor. Mientras tanto, mi marido tocaría la guitarra, brindaría con todo el mundo entre canción y canción, y derramaría aguardiente por todas partes. «¡Un primogénito y, además, varón!», gritarían todos. «¡Bien hecho, maestro!»

Mientras tanto, yo yacía sola en la cama hospitalaria, destrozada, tratando de dormir, pero cada tanto me ponían en brazos a mi hijo recién nacido, que desde el primer día lloraba mucho, porque quería teta todo el tiempo. Sus sentidos más desarrollados eran el olfato y el gusto, y no tenía más que un instinto: tragar con voracidad. Arrugaba la nariz antes de que yo lo atrajera a mi pecho, después sacaba adelante los labios y empezaba a inspirar aire por la boca hasta que mi pezón se la tapaba. Siguió igual cuando lo llevamos a casa. Se despertaba a cada hora, queriendo lactar. Cuando se saciaba, yo lo dejaba en la cuna y empezaba a mecerlo. Si paraba, él se ponía a berrear. En determinado momento comencé a dejarlo que gritase. Leí en los foros de madres que ese era uno de los métodos para dormir a un bebé: dejarlo que grite y llore para que aprenda que nadie acudirá a tomarlo en brazos y a mecerlo, y así termine por dormirse solo. Decidí probar. Me acostaba en la cama, mientras él se desgañitaba en el cuarto de al lado. Al principio mi marido no se despertaba cuando nuestro hijo se ponía a llorar. Pero hace poco también eso cambió. Lo veía abrir un ojo y observarme mientras yo salía de la habitación. Al poco tiempo dejé de saltar en seguida de la cama cuando oía el llanto del bebé. «Cariño, quédate aquí, yo lo traigo», me decía, y un rato más tarde regresaba desgreñado y soñoliento, con el niño en brazos, y me lo colocaba sobre el pecho. «Venga, no llores más», decía en voz baja y con ternura, acariciándonos las mejillas a los dos.

Cuando tomé la decisión de desentenderme del llanto del pequeño en la habitación contigua, mi marido prácticamente se fue a vivir allí. Por la noche solo me lo traía a la hora de amamantarlo, mientras que el resto del tiempo yo dormía tranquila. A partir de cierto momento ya ni siquiera lo oía.

—La maternidad es mágica —me decían otras madres, amigas mías—. Si lo hubiera sabido, hace tiempo que habría dado ese paso. No sé por qué esperé tanto —comentaban entre sí.

—No hay nada comparable a la sensación de que te está succionando —decían, mirándose con beatitud la una a la otra.

—Desde el momento en que nació, lo sentí como parte de mí —suspiraban, mientras a mí me iba entrando un pánico cada vez mayor.

—Me gustaría tener uno más, pero me parece que ya es un poco tarde. Tú, Ana, ¿no has pensado en un segundo hijo, mientras Luka todavía es pequeño? Así tiene un hermanito o una hermanita con quien jugar y, además, tu marido es fantástico. Si vieras al mío… En casa no da golpe. Yo por eso no pienso repetir.

Efectivamente, mi marido siempre andaba con Luka en brazos. En aquella época, lo que yo hacía era, sobre todo, pasarme horas en el sofá viendo series de televisión. Cuando Luka dejó de despertarse de noche, me dio por dormir mucho. De vez en cuando tenía que sacar la teta y dársela para alimentarlo, pero hace poco también eso dejé de hacerlo.

—¡Míralo, qué ricura! —me repetía incansablemente mi marido. Me lo traía mientras estaba tumbada y me lo dejaba en el regazo—. ¡Qué ricura! —decía.

Luka era un bebé gordito, tal vez gracias a mi leche. Y, aunque pocas veces lo tomaba en brazos, estos se me volvieron voluminosos y musculosos como los de un culturista, porque su cuerpecito pesaba como una bola de cañón. Cuando terminaba de darle el pecho, trataba de entretenerlo un poco, mecerlo en mis rodillas, reírme como

hacía mi marido. Entonces Luka movía los pies, mano-
teaba y reía, aunque yo no hiciera nada especial. «Mira
cuánto te quiere», me decía mi marido cada vez que veía
a Luka jugar en mi regazo. Yo sabía muy bien por qué lo
decía, pero eso no me ayudaba.

Mi marido rara vez pierde el control, y tiene una actitud consecuente: como dirían mis amigas, me «presta
un apoyo extraordinario» y soy «una mujer muy afortu-
nada». Solo una vez perdió la compostura delante de mí.
Estábamos viendo fotos de Luka. Mi marido lo había re-
tratado con un trajecito para bebés que le quedaba tan
estrecho que había que dejar sin abrochar el botón más
bajo. «Míralo, ¡qué grandote!», decía mi marido, sonriendo alegre. En una de las fotos Luka tenía un aire grotesco.
Tenía la boca muy abierta, riéndose y mostrando los dos
incisivos torcidos y muy separados, con la lengua sobre-
saliendo. Su nariz era ancha, las fosas nasales semejantes
a dos pequeñas cuevas. Tenía los ojos entrecerrados y las
cejas arqueadas como las de un payaso. Daba palmitas de
felicidad.

—Parece un hipopótamo —comenté. Él solo tragó
saliva y cambió de foto. En la siguiente salía yo. Tenía a
Luka en brazos.

—Y tú… pareces… —La voz le temblaba, se atra-
gantó—. ¿Por qué en todas las fotos lo tienes a un brazo
de distancia? —dijo pasando varias de ellas. En todas
yo estaba con la misma expresión rígida, sosteniendo a
Luka delante de mí con los brazos extendidos, como si
fuera a pasárselo a alguien. Y el pobrecito estaba sonriendo.

De que todo iba a empeorar cuando el niño aprendiera a andar se daban cuenta también las otras madres. Entonces empecé a perder más peso y a recurrir a somníferos para dormirme, ya que el ruido en casa alcanzó niveles insoportables. A medida que Luka hacía sus primeros pinitos, mi marido se fue desmadrando. Le dio por golpetear sobre cualquier mesa que tuviera delante, como un percusionista. Tamborileaba con los dedos, con cucharas, con bolígrafos, con lo que tuviese a mano. Luka gritaba de alegría cuando oía aquel alboroto. Mi marido le daba de comer y al mismo tiempo se ponía a marcar el compás con la cucharita de plástico. Luka chillaba. Abría la boca bien grande y mi marido le metía un bocado dentro. Los dos se ponían a gritar. Mi esposo se entusiasmó tanto con los chillidos de Luka que siguió con sus ejercicios de percusión incluso cuando este no estaba en casa. Le podía dar por marcar un ritmo en cualquier momento, incluso sentado a la mesa de trabajo. Cada golpecito suyo parecía caerme directamente en la nuca.

También recurría a la percusión para que Luka caminara hacia él. Se sentaba con las piernas cruzadas en uno de los extremos de la habitación. Tomaba en manos algún juguete de plástico, un camioncito o un buldócer, por ejemplo. Luego cogía dos rotuladores y se ponía a golpetear sobre el juguete. Luka empezaba por dar un chillido alegre. Después se incorporaba inseguro sobre sus piernas, tan gorditas y torpes que parecía poco probable que lograra moverlas. Daba unos primeros pasos vacilantes en dirección a mi esposo. A medida que se iba acercando a él, sus gritos se hacían más fuertes. Se agarraba del sofá o de la mesita en busca de apoyo y, si pasaba cerca de algún objeto, lo cogía para tirarlo al suelo. Destrozaba todo lo que se le ponía por delante. No podía girar a derecha o a izquierda sin derribar algo, con lo cual a mi marido le daba la risa tonta y Luka chillaba de júbilo. Yo limpiaba cuando ellos se iban a dormir. Siempre que me agachaba para recoger algún objeto, sentía un dolor de cabeza palpitante.

Hace poco, sin embargo, mis cefaleas se hicieron más frecuentes y dolorosas. Ocurrió después de que mi marido enseñara a Luka a correr por la casa. En cualquier caso, él nunca tuvo la costumbre de salir mucho. Era asmático y parecía como si el mundo exterior le diera miedo. Luka aprendió a correr en diciembre y el aire afuera estaba cargado de esmog y niebla. Los noticieros aconsejaban a los padres que no salieran con los niños pequeños a pasear, y lo mismo para los asmáticos. Así que mi marido dejó de sacar a Luka afuera por completo. Este, igual que los perros, no tenía donde gastar sus energías. Lo hacía corriendo por el salón, cuatro veces al día: por la mañana, nada más levantarse, después al mediodía, otra vez a las seis de la tarde y, finalmente, a las nueve y media de la noche, antes de irse a la cama. Mi marido lo perseguía por el salón y Luka gritaba de júbilo, correteando con las piernas rígidas y tambaleándose a derecha e izquierda como la aguja de un metrónomo. Pum, pum, pum, pum, pum, pum, pum: sus pisadas resonaban como mazazos en la habitación y en mi cabeza.

Cuando mi marido estaba ausente y yo me quedaba sola con Luka en casa, él seguía fiel a su costumbre de correr de acá para allá cual mono en una jaula, soltando los mismos sonidos que cuando estaba con mi esposo, aunque yo no lo perseguía: una especie de aullidos guturales llenos de entusiasmo. Cuando estábamos solos, gritaba también algo similar a «u-siii, u-siii», como jugando a algo. Todo el apartamento temblaba como si dentro hubiera un pequeño elefante corriendo. A mí me daba un dolor de cabeza sísmico. «Necesita gastar sus energías», decía mi marido, como si Luka fuese un perro. «Si no, luego le cuesta trabajo dormirse. Míralo: ¡está rebosando de salud y fuerza! ¡Parece un pequeño Heracles!», gritaba cada vez más fuerte, con los ojos brillantes de alegría.

Un día mi marido estaba de viaje y Luka corría solo por el salón, poco antes de irse a la cama. Yo estaba sentada en el váter, con el grifo abierto y la cisterna del inodoro llenándose para no oírlo. Cuando la cisterna se hubo cargado, volví al salón y me lo encontré sentado en el suelo, martilleando con un cubo de madera la cabeza de un muñequito de plástico. En ese instante llamaron a la puerta y Luka me miró. Tenía las mejillas coloradas y un moquito estaba por salírsele de la nariz.

Una mujer con gafas y con una explosión de rizos anaranjados estaba en el umbral.

—Buenas noches, soy la vecina de abajo —empezó diciendo, casi sin dejarme tiempo de abrir la boca—. Seguramente no me ha visto hasta ahora, ¿verdad? —preguntó. Asentí con la cabeza. Creía que abajo no vivía nadie.

De allí no llegaba el menor ruido y nunca había visto a nadie entrando o saliendo, mucho menos a una mujer con ese corte de pelo—. Es porque raras veces salgo de casa. Llevo un tiempo tratando de ser comprensiva, porque tienen ustedes un niño pequeño. Pero ya no aguanto. Hacen muchísimo ruido y quisiera pedirles que, por favor, dejen de correr por el apartamento. De verdad, todo se oye en mi casa. Tiemblan hasta los floreros que tengo en las estanterías. La situación se ha vuelto realmente insoportable. Les ruego que tengan un poco de cuidado —dijo de un tirón.

Asentí con la cabeza.

—Perdone —balbucí—. Seremos más silenciosos.

—Se lo agradezco. Es muchísimo escándalo, ¿sabe? Si no, no habría venido a quejarme. Durante un año entero aguanté todo ese alboroto, pero ya no puedo —siguió con voz más tensa.

—Perdone una vez más. Debió habérnoslo dicho antes. No sabíamos que abajo viviera alguien.

—Sí, intenté ser tolerante, sabe… ¡Y lo fui! —gritó de repente.

—Por supuesto. Perdone —repetí una vez más y di un paso atrás.

Ella, sin embargo, no se movió. Me pareció como si se hubiera hecho más grande y se inclinara hacia mí, aunque sabía muy bien que seguía en el mismo sitio. Tenía la boca torcida hacia abajo, como si fuera a echarse a llorar.

—Perdone —dijo con voz ahogada—, pero yo me dedico al trabajo intelectual. Me paso casi todo el tiempo en casa, porque trabajo desde allí. Escribo libros, soy científica. Necesito tranquilidad y silencio. —Hizo una pausa, tragó saliva y luego empezó a hablar más alto—. Por eso me mudé a este barrio. Pero ya no aguanto. De verdad, tienen que tomar medidas. No solo golpean con todo lo que encuentran a mano, no solo llega de su casa un griterío constante —los menudos rizos anaranjados le temblaban con cada palabra que pronunciaba—, sino que últimamente han empezado también a correr. Insisto, señora, ¿a quién se le ocurre dejar correr a su niño en casa, como si fuera un perro? ¿No puede sacarlo afuera? ¡Hasta a los perros los sacan a correr afuera! ¿Sabe que hay una escuela con un enorme patio a treinta metros de este edificio? ¿No podría llevar a su hijo a que corra delante del portal? ¿Por qué lo tiene que hacer en casa? ¿Cree que su hijo es feliz así? —La voz se le iba tornando cada vez más chillona y más fuerte, varias veces me llegaron gotas de saliva. Sus gritos tronaban por toda la escalera.

Me sentí como si me hubieran embutido en una caracola marina. Se me nubló la vista, los oídos me zumbaban, me dio un dolor de cabeza como si me la horadaran con un destornillador por la oreja.

—¡Un niño no debe correr en casa! —seguía ella, ahora ya gritando de veras—. ¡Un niño necesita estar al aire libre! ¡Lo que están haciendo ustedes es inhumano no solo con respecto a mí y a mi trabajo, sino también con respecto a él! Cuatro veces al día tengo terremotos en casa, y el resto del tiempo, temblores más débiles, alboroto y griterío. ¡Pero si son cuatro carreras al día, cuatro terremotos, señora, no puedo más!

En ese instante Luka llegó corriendo hasta mí. Como un vehículo sin conductor, chocó contra mi pierna y se me agarró de la rodilla. «¿Eh?», gritó, como siempre que ve a alguien desconocido, luego sonrió y miró a la vecina. Ella abrió los ojos como platos.

Me lo sacudí de la pierna. Le di una cachetada. Luego otra. Y otra. Luka me miraba en silencio, solo un chorro de sangre roja le corrió de la nariz. Miré a la vecina. La cara se le hizo más larga y más pálida, como la de una persona diferente. Por un instante reinó el silencio y mi dolor de cabeza se desvaneció.

Mi marido es un auténtico caballero, de los que ya no se encuentran. Al entrar en un edificio, no solo mantiene la puerta abierta para que la dama pase primero, sino que, además, lo hace de un modo aristocrático: espera con la cabeza ligeramente inclinada, con una expresión de profundo respeto. Tiene mucho cuidado de no dejar que la dama encienda sola su cigarrillo. En presencia de una mujer jamás dice palabrotas, no habla en voz alta y les hace preguntas cómodas para que la conversación fluya: nunca demasiado personales, pero en todo caso preguntas con las que les hace sentirse importantes. Desde luego, a todas les habla de *usted*.

Es un caballero también en su aspecto físico. Siempre viste traje: chaqueta y pantalones y, por debajo, un chaleco y una camisa. Todo ha de estar limpio e impecablemente planchado, lo cual forma parte de mis obligaciones.

Tiene siempre las uñas perfectas y el bigote peinado y recortado. El aliento, siempre fresco por los caramelos de mentol que lleva en una cajita de lata. En el pequeño bolsillo del chaleco guarda el reloj de su abuelo, que nunca se retrasa. En el bolsillo del pantalón tiene un pañuelo de tela limpio y planchado. Y, por supuesto, lleva sombrero, y cuando cree que va a llover, también un largo paraguas negro con empuñadura de madera.

Es asimismo un hombre de familia. Cuando nuestros dos hijos eran pequeños, les leía cuentos para que se durmieran, los acompañaba a clases de violín y piano, los fines de semana los llevaba al parque y, en verano, a la playa. Ahora son mayores, pero todos los meses les envía dinero en un sobre. Después de cada cena o almuerzo que preparo me besa en la mejilla y me da las gracias. Nunca me ha alzado la voz. Cada año me compra nuevos pendientes de perlas. Si estamos de visita en casa de alguien o recibimos invitados en la nuestra, no me interrumpe cuando hablo. Al caminar por la calle, me ofrece su brazo y así vamos paseando, despacio. Sé que todo el mundo nos observa y admira.

Antes de dormirnos me da un beso en la boca y me desea buenas noches: estas son siempre sus últimas palabras del día. Antes hacíamos el amor dos veces a la semana. Siempre de noche, con las luces apagadas. Él nunca me quitaba del todo el ancho camisón. El acto duraba siempre lo mismo, y transcurría siempre de forma idéntica.

Hace dos años, sin embargo, dejamos de hacer el amor. Primero lo redujimos a una vez por semana. Luego, a una vez al mes. Y, al final, lo abandonamos por completo. Durante un tiempo, mi marido siguió esforzándose por hacerlo dos veces a la semana. Empezaba con los mismos procedimientos de siempre, pero simplemente no podía llegar a la penetración. Volvía a su lado de la cama y me deseaba buenas noches con un beso. Y, como es un caballero, no habla de cosas que se sobrentienden. Así, una noche se limitó a decirme: «Velika, soy quince años mayor que tú».

Hace justo un año, un sábado por la tarde, me comunicó que haríamos una visita. Íbamos a ir a casa de un amigo suyo, pero no me dijo el nombre, y yo no lo pregunté, porque intuí que no debía hacer preguntas. Salimos a pie, caminando por el paseo que bordeaba el lago. La gente se volvía para mirarnos, porque andábamos despacio, con las cabezas erguidas, sonriendo ligeramente. Conversábamos en voz baja, tranquilos. Llegamos hasta la vivienda del amigo. «¿Esta no es la casa de Stoyan?», le pregunté. Se limitó a asentir con la cabeza y, sonriendo, llamó a la puerta.

Conozco a Stoyan desde que éramos niños. Él quería que fuéramos pareja, pero mis padres y yo decidimos que me casara con Pétar. Más tarde, de vez en cuando, me encontraba a Stoyan por casualidad en la calle comercial o en casa de algún amigo común. Su esposa Dánitza se ahogó de forma especialmente trágica. Circularon rumores espeluznantes sobre cómo había ocurrido el accidente, pero yo desconfío de habladurías tan vulgares sobre alcohol y mujeres. El caso es que él enviudó. Por suerte o por desgracia, no habían llegado a tener hijos.

Stoyan nos recibió en su casa, que no se podía comparar con la nuestra en cuanto a limpieza y buen gusto. Pero no puedo culparlo. Es viudo, al fin y al cabo. Y, siendo viudo, tuvo que prepararnos él mismo el café. Me pregunté si sería apropiado ofrecerme a prepararlo yo, pero cuando miré a Pétar él no me dio ninguna señal con los ojos, así que permanecí sentada con las manos en el regazo. Stoyan trajo el café, agua y *lokum,* sacó una pipa y empezó a fumar. Pétar y él conversaron sobre el trabajo, sobre las elecciones municipales, sobre la contaminación de las aguas del lago. Como correspondía, de vez en cuando yo intervenía con algún comentario amable. Al terminar de beber su café, mi marido se puso de pie para irse, pero a mí me cogió del hombro, reteniéndome y diciéndome que me quedara. Lo miré sorprendida, pero la firmeza en sus ojos me dio a entender que no debía preguntar mucho, que pronto las cosas iban a quedar claras. En su mirada hay una seguridad en la que siempre confío, incluso cuando tengo una sensación desagradable en el vientre. «Volveré dentro de una hora», me dijo. Eran las cinco cuando se fue. A las seis en punto volvió a llamar a la puerta, me tomó bajo el brazo y, otra vez despacio, caminamos por el paseo del lago, de regreso a casa. Por las tardes cálidas hay aún más gente en ese paseo, algunos corriendo con pequeños auriculares en las orejas. Todos nos miran. Hay quienes nos sonríen abiertamente. Lo reconozco, tal vez les parezcamos raros, pero de ninguna manera les caemos mal.

Llevamos un año ya de esta manera: los sábados, a las cinco de la tarde, Pétar me lleva donde Stoyan y me recoge a las seis. Una vez sentí que podía preguntarle qué hacía durante esa hora. «Leo el diario, sentado en aquel banco de allí», me dijo señalando un banco cerca del agua. «Si llueve, me siento a aquella mesa de la cafetería que ves ahí, leo el diario y me tomo un café», añadió señalando hacia la orilla.

Stoyan y yo nos quedamos sentados en el salón, tomando café, pero ahora soy yo la que lo prepara y sirve en una bandeja junto con el *lokum* y el vaso de agua. Después él fuma la pipa, yo voy sorbiendo muy despacio el café, y juntos vemos la tele. Me pregunta qué canal poner. Tiene televisión por cable, así que hay muchas opciones. Con frecuencia no sé qué programa elegir y es él quien lo decide, pero suele adivinar mis gustos. Pétar no permite que en casa tengamos televisión ni ordenadores. Cuando vienen a visitarnos nuestros hijos en épocas de exámenes, llevan consigo unos teléfonos, pero Pétar tampoco permite que esos aparatos entren en casa. Ahora las visitas de nuestros hijos se han espaciado aún más, porque ellos están haciendo estudios de posgrado.

A las seis menos diez me levanto para lavar las tazas del café y los platos del *lokum*. Stoyan sigue sentado en el sofá, fumando su pipa y viendo la tele, que es de las nuevas, plana y delgada. Se levanta para acompañarme hasta la puerta cuando Pétar viene a recogerme. Después, mi marido y yo regresamos a casa.

Por el camino hablamos de las elecciones, del tiempo, de la contaminación del lago, de lo que comeremos al día siguiente. Pétar nunca me pregunta nada sobre mis encuentros con Stoyan. Y yo sé que nunca preguntará. A fin de cuentas, es un auténtico caballero.

LILI

Lili no era una niña bonita. Lo supe nada más verla tras el parto. Era un bebé muy peludo y moreno. Nació con una mata de pelo y dos cejas ligeramente juntas que nunca se le separaron del todo. Tenía los ojos diminutos, pero con el tiempo fueron adquiriendo brillo. Los dedos de sus manos y pies eran largos y frágiles, con las uñas redondeadas y relucientes que nunca arañaban, ni siquiera después de habérselas cortado. Yovan se las besaba todo el tiempo. Aunque le hubiera gustado tener un hijo varón, cuando vio a Lili su rostro perdió toda su autoridad, toda su dureza, se volvió más redondo y más suave. Los ojos se le humedecían siempre que la veía. Le cogía los dedos de las manos y los pies, se los besaba con ternura y se acariciaba la cara con ellos. «Liliana, Lili, Liliancita», la arrullaba besándola.

En principio, íbamos a llamarla Petra, por mi madre, y de haber sido un varón, habría llevado el nombre del padre de Yovan, Risto. Pero, nada más verla, Yovan empezó a decirle Lili, como su madre, así que nunca discutimos sobre el nombre. Lili se quedó Lili, por mi difunta suegra.

A mi madre Yovan no la quería en absoluto, porque lo hacía pensar en enfermedades y pobreza. Desde la muerte de mi padre vivía sola en el campo, muy enferma y muy pobre. No podía levantarse de la cama. Enviábamos dinero a mi hermano para que él y su mujer la visitaran y la cuidaran en la medida de lo posible. El resto del tiempo lo pasaba postrada en la cama, despidiendo un olor agrio, a muerte lenta. Algún que otro vecino pasaba de vez en cuando para ayudarla. Yovan no me dejaba ir a cuidarla, pero me daba dinero con regularidad para enviárselo. Antes de que naciera Lili, yo solía aprovechar las ausencias de Yovan para coger el tren e ir a visitarla. Le limpiaba la casita, le llevaba comida, le amasaba pan, le cocinaba alguna cosa, le acariciaba las manos huesudas, le besaba la frente y por la noche tomaba el último tren de vuelta. Cuando ponía un pie en el pueblo, percibía el odio que me tenían los vecinos. Me miraban como si fuese una asesina. Mi hermano también empezó a despreciarme, y su esposa no quería verme ni en pintura.

Un día Yovan descubrió que, estando embarazada, había viajado al pueblo de mi madre.

—¿Quieres pillar alguna enfermedad? —me gritó, aunque ella no padecía ningún mal contagioso—. ¿Quieres matar a mi hijo? —vociferó, rojo de cólera.

Después del nacimiento de Lili, no pude llevarla ni una sola vez para que mi madre la viera. Esperaba que echara a andar, que creciera un poco, para que pudiéramos hacer una escapada cuando Yovan estuviera de viaje. Pero Lili era un poco lenta. Empezó a caminar algo tarde y, cuando lo hizo, se parecía a un corcino. No tenía los andares torpes y enérgicos de los demás niños. Ella caminaba de forma insegura, temerosa, y era delgadita. Yovan siempre estaba a punto de llorar cuando la miraba, cada dos por tres la cogía en brazos y la besaba. Entonces ella soltaba una risita, aunque en principio no se reía mucho.

Cuando la sacábamos a pasear en el carrito, las mujeres ancianas y de mediana edad del vecindario me detenían para mirarla, como hacen con todos los críos. Incluso cuando cumplió un año no se le notaba que era una niña. Tenía el pelo corto, con rizos negros menudos. Parecía más un niño. «Dios le dé salud a su hijito», decían las mujeres. A Yovan eso le enfadaba mucho. «Es una niña, se llama Lili», las corregía siempre. «Pues pónganle una peineta para que se note que es una niña», respondían las ancianas más atrevidas.

Al cumplir un año y medio, cuando Lili ya caminaba de manera más estable, decidí perforarle las orejas. Al principio me daba miedo decírselo a Yovan. Pero él accedió en seguida, porque le molestaba que confundieran a Lili con un niño y que no le dijeran qué guapa era. La llevé a que le perforaran las orejas y después me pasé todo el día llorando con ella. Los lóbulos se le hincharon y enrojecieron. Cuando Yovan regresó a casa, las dos estábamos exhaustas de tanto llorar. Lili sollozaba. Me arrepentí cien veces de haberle hecho pasar por todo eso y, además, temía la reacción de Yovan. Pero él la levantó en brazos, le cubrió de besos la cara y Lili se tranquilizó.

Al cabo de un mes le quité los pendientes provisionales que le habían puesto al perforarle las orejas y le puse los de oro que me había regalado mi madre cuando fui a verla por última vez, durante mi embarazo. «Tienes la barriga como una pelota, eso quiere decir que será niña», me dijo, dándome los pendientes de oro en forma de flores, con piedrecitas preciosas rojas en el centro. Eran los que mi madre llevó en su juventud. Los recuerdo porque, cuando al abrazarla apretaba la cara contra su cuello, me raspaban un poco.

Al volver a casa, Yovan le vio los pendientes. Sonrió.

—¡Qué bonitos! ¿Los has comprado? —preguntó.

Eran muy de otra época. De haberle dicho que sí, habría tenido que inventarme dónde, y no habría sido convincente. ¿Y si decidía ir a la tienda? Descubriría que allí no los tenían.

—Son de mi abuela —reconocí.

—¿Quién te los dio? —quiso saber.

—Mi tía, antes de irse a Australia —mentí.

—Son muy bonitos —volvió a decir.

Cogió a Lili con ternura de los lóbulos y le besó la nariz. Yo no veía la hora de que Yovan se fuera otra vez de viaje para llevar a Lili donde mi madre, con los pendientes puestos.

Era el mes de septiembre y estábamos preparando *ajvar*. Yo lo hacía como me había enseñado mi madre.

El *ajvar* de mi cuñada no se podía comparar con el mío ni con el que antes hacía mi madre. Ahora lo estábamos preparando juntas mi amiga Cristina y yo. Yovan no tenía ni idea de la cantidad de *ajvar* que tendríamos al final. A él también le encantaba comerlo, decía que era el mejor que había probado en su vida. Una vez le confesé que seguía la receta de mi madre, pero no reaccionó. Simplemente siguió comiéndolo.

Cristina y yo estábamos sentadas delante del portal de nuestro edificio, asando y pelando los pimientos, removiendo la mezcla y conversando. La hija de Cristina, de cuatro años, jugaba con Lili en el césped, tratándola como si fuera una muñeca, porque era lenta y frágil, pero no lloraba y siempre estaba quieta. De vez en cuando les permitíamos pelar algún pimiento asado o les enseñábamos a remover el *ajvar* con el cucharón de madera.

Cristina era una amiga mía muy íntima y estaba al tanto del problema de Yovan con mi madre. Le confesé mi intención de hacer más cantidad de *ajvar* para llevarle al menos seis botes a mi madre, puntualizando que Yovan no se podía enterar. Le dije también que la semana siguiente mi marido estaría de viaje y que yo pensaba aprovechar su ausencia para llevar a Lili a mi pueblo. Sería la primera vez que abuela y nieta se encontrarían, añadí, y esta llevaría sus pendientes. A mi madre no le queda mucho tiempo de vida, concluí mirando el *ajvar* que borboteaba a fuego lento.

Yovan estaba en el trabajo cuando llenamos los botes de *ajvar,* de modo que no podía saber cuántos serían para nosotros y cuántos para mi madre. A ella le reservé seis. Los puse en una caja de cartón, y la caja en una bolsa. El bulto pesaba muchísimo. Yo tenía que llevar en brazos a Lili, la bolsa con la caja y, además, otra bolsa con cosas de mi hija. Dejé el carrito en casa, porque habría supuesto una carga adicional. A Lili la sostenía con uno de los brazos, apoyada en mi cadera, y del otro me colgaban las dos bolsas.

Fuimos las últimas en subir al tren y a duras penas encontramos un compartimento con un asiento libre. Como había muy poco espacio, un hombre me ayudó a subir mis cosas al portaequipajes situado por encima de los asientos. Senté a Lili en mi regazo y arrancamos. Ella no lloró ni se quejó, estuvo jugando tranquila, primero con un juguete hecho de anillos multicolores de plástico y, después, con su favorito: un corderito blanco. Tras las primeras paradas el compartimento se fue vaciando, así que pude sentar a Lili en el asiento de al lado. Frente a nosotras había dos ancianas. «¡Qué niña más linda!», comentaron. «Mírala qué mansa y modosita. ¡Que Dios la guarde!», decían sonriéndonos. Después empezaron a hacer demasiadas preguntas. Que dónde estaba mi marido, que si yo trabajaba, que dónde vivíamos y adónde me iba sola con la niña. No quise decirles nada, por miedo a que fueran del mismo pueblo o de un pueblo cercano al nuestro, ya que, si se corría el rumor de que yo había visitado a mi madre con Lili, Yovan podría enterarse de alguna manera. Como no sabía de qué manera esquivar las preguntas, no les di respuesta alguna, con lo que debí de parecerles maleducada. Pronto las ancianas empezaron a observarme de reojo, con los labios apretados de indignación, intercambiando miradas entre sí. Se bajaron en la parada anterior a la nuestra, sin despedirse.

En el compartimento, además de nosotras dos, quedó solo un hombre que durante todo el trayecto no hizo más que dormitar. Desde el principio me cayó mal. No se había afeitado ni duchado y olía a embutido barato. Llevaba una chaqueta a cuadros muy pequeños, raída en los puños y con una mancha grande en el cuello. Debajo de la chaqueta se veía un jersey con pequeños agujeros alrededor del cuello y uno más grande en el vientre. Tenía las manos ásperas, con mugre debajo de las uñas, en los pliegues de los dedos y de las palmas. Varias veces abrió un solo ojo y nos miró. Cuando llegamos a nuestra parada, se puso de pie y salió, sin ofrecerse a ayudarnos con el equipaje.

Me levanté para bajar los bultos que llevábamos. Me puse de puntillas, tratando de sacar la pesada bolsa con la caja. En el momento en que esta llegó a mis dedos, el tren se sacudió bruscamente, arrojándome hacia atrás. Perdí el equilibrio y, mientras caía, vi que la caja con el *ajvar* daba de lleno sobre la cabeza de Lili antes de parar en el suelo. La caja quedó dañada y una sustancia roja empezó a salir del interior. Lili se desplomó a un lado, apoyada contra el brazo del asiento.

Tenía los ojos cerrados: estaba inconsciente. Me lancé a zarandearla y a llamarla por su nombre. Le tomé la cabeza en mis manos y comprobé que no tenía sangre. Lili fue abriendo poco a poco los ojitos. Tenía la mirada como ausente, desenfocada. Uno de los ojitos parecía moverse hacia la derecha, mientras el otro permanecía inmóvil. De pronto la boca se le torció y soltó unos quejidos. «Pum, pum», dijo agarrándose la cabeza con las manitas. Había gente atravesando el vagón y mirando dentro del compartimento, pero nadie se detuvo. Abracé a Lili y la levanté en brazos, luego cogí las asas de la bolsa con la caja. Pesaba mucho y me di cuenta de que pronto iba a romperse. Había algún bote dañado, porque un sucio líquido rojo se iba acumulando en el fondo de la bolsa de plástico.

Bajé del tren. Lili seguía gimoteando. A ratos se ponía a llorar más fuerte, pero en seguida se callaba, como si no tuviese fuerzas para gritar. «Pum, pum», repetía con la manita en la cabeza. La bolsa de plástico me pesaba en la mano izquierda, goteando y dejando detrás de mí un rastro de sucias manchas rojas. Hasta la casa de mi madre había por lo menos quince minutos andando. Por el camino la bolsa terminó deshaciéndose. Resultó que había dos botes de *ajvar* rotos. Los dejé a la vera del camino, junto con la caja y la bolsa inservible. Puse dos de los botes enteros en la bolsa con las cosas de Lili y los dos restantes los llevé en la mano. Empezó a lloviznar, y el camino de tierra se volvió aún más fangoso. Sentí que se me entumecían los brazos y las piernas, tenía la espalda rígida y estaba bañada en sudor. Me crucé con varias personas sin saludarlas, como si no las hubiese visto.

Llegamos a casa de mi madre. Ella estaba durmiendo, con la tele encendida y el volumen muy alto. Lo tuve que bajar, porque al entrar Lili empezó a llorar más fuerte y, además, a mí el estruendo me sentó como un golpe en la cabeza. El interior estaba sumido en la oscuridad, olía a moho y a acidez. Mi madre dormía con la boca abierta, roncando ligeramente.

Me senté en la pequeña silla de madera a su lado, con Lili en mi regazo. Empecé a palparle la cabeza, apretando un poco para ver dónde se había dado el golpe, si tenía un chichón, si sangraba o le dolía en algún lado. Pero Lili no reaccionaba. Tenía la mirada vacía y volvió a parecerme que uno de los ojitos se le desviaba un poco a la derecha. Gimoteaba, se ponía a lloriquear y en seguida se callaba. Decía «pum, pum» y de nuevo se callaba. Pensé en ponerle hielo en la cabeza, pero me acordé de que en casa de mi madre no había congelador. Además, no tenía ganas de dejar que Lili durmiera en aquel lugar con olor a muerte. Lo único que quería era salir de allí y llevarme a Lili de vuelta a casa. Para acostarla en su cama y acostarme yo también, y despertar al día siguiente y besarla en la naricita y en la boquita. Nunca más le mentiría a Yovan, me dije a mí misma, nunca más iría a ver a mi madre.

Quise que mi madre estuviera muerta para que todo aquello no hubiese pasado. La miraba roncar pausadamente, con la boca abierta que exhalaba un olor a vejez, a desaliño, a descomposición. La miraba, odiándola porque seguía viva, porque no terminaba de morirse y porque le había hecho daño a Lili por su culpa. Y porque fue por ella que había llevado a mi hija a ese sitio que apestaba a muerte.

Dejé los botes sobre la mesa, recogí a Lili apoyándomela sobre la cadera y salí. Fui corriendo a la estación para tomar el primer tren de vuelta. En uno de los bancos estropeados del andén que apestaba a orina esperé abrazando a Lili, acariciándole la cabeza. Había dejado de gimotear, estaba tranquila y respiraba rítmicamente. Pero no era la misma Lili: yo lo sentía, aunque no podía explicar por qué.

Cuando llegamos, en vez de ir a mi casa, fui directamente donde Cristina. Su esposo e hijos también se encontraban allí. Ella estaba amasando un pan de pita. Estaba toda cubierta de harina, tenía una mancha hasta en la oreja. Se asustó al verme. Quién sabe qué aspecto tendría yo en aquel momento. Me llevó a la cocina y cerró la puerta.

Una vez a solas con ella, prorrumpí en llanto. Tenía en brazos a Lili, completamente rendida y apática. Parecía triste y perdida. Ni siquiera cuando me eché a llorar dio señales de desasosiego, y eso que siempre suele ponerse nerviosa cuando lloro delante de ella o cuando peleamos mi marido y yo. Ahora se limitó a mirarme, emitió un par de gemidos, pero se calló cuando la abracé. Le conté a Cristina lo ocurrido.

—Debes llevarla al hospital —me dijo Cristina, acariciando cuidadosamente los menudos rizos de Lili.

—¿Cómo voy a llevarla? Yovan no puede enterarse por nada del mundo.

Cristina callaba. También callaba yo.

—No es nada. —Trataba de convencerme a mí misma—. Puede que solo sea una conmoción. La acostaré un poco más temprano.

—¡Lili, Lili! —la llamó Cristina. Lili alzó la cabeza y la miró.

—Bueno, no parece serio. Pero se mueve como aturdida. No sé qué decirte. Tal vez deberías llevarla al hospital, a pesar de todo.

—¿Y qué le diría a Yovan? Da lo mismo si le digo que estuve sola o contigo, siempre me echará la culpa a mí por el trauma de Lili. Me va a matar. No puede enterarse de ninguna manera.

Cristina guardó silencio de nuevo, nos quedamos calladas las dos.

—No te preocupes. Deja de imaginarte desgracias. Ya se le pasará, es pequeña. Se cae y se levanta —me dijo tratando de sonreír.

—Sí, ya se le pasará. No es nada serio. ¿Verdad, Lili? ¿Te duele algo, hija mía?

—Pum, pum —volvió a decir Lili, llevándose las manitas a la cabeza.

Regresamos a casa y me pareció que lo mejor sería dejar que Lili durmiera y descansara. La acosté en su cama y después me tumbé en la nuestra, a su lado. Cristina había intentado tranquilizarme, pero no lo había conseguido. Esperé a que Lili se durmiera y cuando la oí respirar rítmicamente, tomé un somnífero y me dormí yo también.

Desperté hacia medianoche. Yovan estaba inclinado sobre la camita de Lili, besándola. «Mi patito», le susurraba, besuqueándole los dedos. Lili se movió un poco, pero siguió sin despertar. Después Yovan se acostó a mi lado y se durmió.

Me sobresaltaron los gritos de Yovan, a primera hora de la madrugada. Chillaba como una mujer, con Lili en brazos, zarandeándola, pero ella estaba inerte. Llamé a Urgencias, aunque me parecía estar soñando: a duras penas atiné a marcar el número. Luego todos subimos a la ambulancia y fuimos al hospital. Estaba amaneciendo cuando nos dijeron que Lili había fallecido. Los médicos fueron los primeros en empezar a hacerme preguntas. Sobre el comportamiento de la niña a lo largo del día anterior. Si se había caído o si alguien la había golpeado. Les respondí que todo había sido normal, como cada día. Les aseguré que Lili ni había llorado ni se había comportado de manera extraña. Que habíamos pasado todo el día en casa y por la tarde habíamos visitado a una amiga mía. Cristina, añadí, mirando hacia Yovan. Allí también se había portado de la manera más normal, les dije.

El médico nos preguntó si Lili había tenido problemas de salud y si sabíamos de casos de enfermedades hereditarias en nuestras familias. Negué con la cabeza, pero Yovan apoyó la boca contra su puño apretado y cerró los ojos.

—Yo tuve un hermanito que murió de un derrame cerebral siendo bebé —respondió. Yo no tenía noticia de eso. El médico se limitó a asentir con la cabeza, diciendo que lo más probable era que se tratase de lo mismo.

Sobre el mediodía llamé a Cristina para informarla de la muerte de Lili. Le dije que el entierro sería a las doce del día siguiente. Y añadí que Yovan no sabía nada. En caso de que alguien preguntara, habíamos ido a su casa por la tarde y Lili se había portado de forma totalmente normal. «¿Vale?», pregunté. Cristina no contestó. La oí sollozar al otro lado de la línea telefónica. Colgué porque no quería oírla llorar.

Me resultó particularmente penoso verlos a ella y a Yovan durante el entierro. Pero los tuve a mi lado todo el tiempo e hicieron mucho ruido. Cristina me miraba fijamente, sin quitarme los ojos de encima, con la boca entreabierta y húmeda de babas, soltando de vez en cuando algún quejido incomprensible. Ni siquiera intentaba cubrirse la boca con un pañuelo para que no la viéramos chorreando saliva. En cuanto a Yovan, parecía otra persona, daba pena mirarlo. Todo el tiempo estuvo colgado de mi manga, tirando hacia abajo. Y eso que yo a duras penas me tenía en pie y me daban ganas de arrastrarme a gatas. Lo último que me faltaba era su peso. Llegó un momento en que los dos nos caímos al suelo, provocando chillidos entre los asistentes. Alguien me agarró por las axilas desde atrás para levantarme, apretando con tanta fuerza que me dejó moretones en ambos hombros. Se me desgarraron las medias y las piernas se me cubrieron de barro, porque el día era lluvioso. Algún pariente imbécil dijo que el cielo estaba llorando por Lili y me acarició la espalda. Escalofríos de asco me recorrieron todo el cuerpo.

Después, Yovan cambió de la noche a la mañana. La cara se le alargó, los ojos se le tornaron lacrimosos. Muy pronto quedó calvo y encaneció. Los restos de pelo le formaban un aro alrededor de la coronilla y una bolita blanca en la frente. Pasó de ser un hombre robusto y corpulento a volverse pequeño y blando. Hasta el alma se le ablandó, lo cual me daba asco. Redujo considerablemente la frecuencia de sus viajes de negocios y empezó a irse a la cama a la misma hora que yo, por lo que se me hizo difícil conciliar el sueño. Se acostaba a mi lado, abrazándome. Al dormirse, roncaba durante un tiempo, pero después se callaba y empezaba a dar vueltas en la cama, gimoteando y quejándose. Yo lo despertaba y él se acurrucaba aún más cerca de mí, abrazándome, acariciándome, gimoteando en silencio, hasta que se volvía a dormir. El primer mes tuve miedo de moverme o de decir cualquier cosa, pero muy pronto me di cuenta de que ya no había que temerle. Lo eché del lecho matrimonial y lo obligué a dormir en una cama aparte en la misma habitación.

—Con tal de que no me hagas dormir en otro cuarto —me suplicó.

Pasado cierto tiempo, noté que empezó a suavizarse también con respecto a mi madre. La primera vez que la mencionó fue para decir que Lili se le parecía un poco. Eso no me hizo mucha gracia, porque creí que seguramente se refería a que las dos eran cejijuntas. Cuando Lili estaba viva, él siempre había afirmado que era igualita a mi suegra. Y ahora, de pronto, en su opinión, Lili había empezado a parecerse a mi madre. Esas palabras me dieron asco, pero no dije nada. Unos días más tarde volvió a mencionarla, a la hora de la comida. Yo había preparado un *turlitava*. Mientras masticaba, me dijo que solo yo podía hacer un estofado de verduras tan rico como aquel. Luego tragó el bocado y me miró. Tenía manchas grasientas alrededor de la boca: nunca aprendió a limpiarse bien con la servilleta.

—Tu madre te ha enseñado a cocinar muy bien. Qué lástima que haya enfermado.

Seguí sin decir nada.

—¿Cómo está, por cierto? —me preguntó, cortando otra rebanada gruesa de pan. Me encogí de hombros. No tenía ganas de hablar de mi madre. Desde la muerte de Lili no había vuelto a visitarla, y su vida representaba un lastre para mí.

—¿No has hablado con tu hermano? —siguió preguntando.

—No —mentí. Mi madre estaba igual que antes. Enferma, pobre e inmóvil.

Yovan, sin embargo, no quería dejar el tema. Un día, de pronto, me preguntó:

—¿Cuándo vamos a ir a ver a tu madre?

Probablemente lo miraría tan asombrada que él abrió los ojos como platos: los tenía ligeramente húmedos. Quiso decir algo, pero no le di tiempo.

—Iré yo sola —le dije. Pero no fui, porque no tenía ganas. Ambos (mi madre y él) me daban asco, y a veces deseaba que se murieran.

Pero Yovan no dejó de preguntar cuándo iríamos a visitarla.

—No hace falta que vayas conmigo. Nunca fuiste a verla. Ni siquiera le diste la posibilidad de conocer a Lili, y ahora, de buenas a primeras, pretendes que nos plantemos tú y yo allí. No la ofendas más —le dije un día.

Agachó la cabeza, de modo que no le veía más que la bolita de pelo blanco. Parecía un niño avejentado.

—Ve sola, entonces, te lo ruego —suplicó. Después sacó dinero de su bolsillo y me lo entregó. Una cantidad considerable.

—No vayas en tren. Si hace falta, coge un taxi —me dijo—. Tenemos dinero.

Guardé los billetes en el bolsillo y, al día siguiente, en cuanto él se hubo ido al trabajo, salí de casa. No tenía ganas de visitar a mi madre. Me fui al centro comercial y empecé a recorrer las tiendas. En una me compré un par de guantes de cuero; en otra, un fular de seda. No me sería difícil esconderlos hasta el momento en que pudiera decirle a Yovan que necesitaba dinero para guantes y un fular. Los metí en mi bolso y no veía la hora de sentarme en algún lugar para poder examinarlos tranquila, tocarlos y sentir su suavidad y el olor a prendas nuevas. Decidí entrar en un restaurante. Me senté en un rincón donde nadie pudiera verme. No tenía ganas de comer, pero no me quedaba otra opción y, además, nunca antes había ido sola a un restaurante. Pedí *pindjur*, queso blanco y pan, aunque no tenía hambre. Pero cuando llegó la comida —el panecillo estaba caliente, el queso muy tierno—, el *pindjur* terminó por refrescarme. Me lo comí todo de una vez y noté que me sentía mejor. Pedí *pljeskavica* con patatas y verduras cocidas. También una copa de vino tinto. Antes de que llegara la comida, desenvolví los guantes y el fular, los olí y me acaricié las mejillas con ellos. Me sentí mejor. Ya no tenía ganas de llorar como antes. En eso llegó la comida y me la zampé toda. De postre pedí *baklava* y, después, helado. Volví a sacar los guantes y el fular para contemplarlos otra vez. Ya que tenía tiempo de sobra, después del restaurante fui al cine. No me importaba qué película echaran. Resultó ser una histórica.

Me adormilé en la cómoda butaca y, cuando la función acabó, me fui a casa.

—¿Cómo está tu madre? —me preguntó Yovan nada más volver del trabajo.

—Igual que antes —repuse. Inesperadamente me salió un eructo con olor a cebolla y me asusté de que mi marido descubriera el engaño.

—¿Qué habéis comido? —inquirió, como si supiera lo que yo había hecho en realidad.

—Le preparé albóndigas con cebolla. Compré la carne antes de irme. —A mí misma me sorprendió la rapidez con la que había salido del paso.

—Mmm, qué rico —dijo Yovan, sonriéndome. Después se acercó y me abrazó, mientras yo permanecía como petrificada—. La semana que viene tienes que ir otra vez —concluyó.

—Vale —asentí.

Mi madre falleció seis meses y medio después de Lili. A mí me quitó un peso de encima, pero Yovan quedó ostensiblemente consternado. Me seguía a todas partes, sin perderme de vista. Me preguntaba si necesitaba algo, me hacía café, una vez me compró galletas y al día siguiente, por su propia iniciativa, preparó el almuerzo. Él pagó el sepelio, el terreno de la sepultura y la lápida, pero lo convencí de que no asistiéramos a la ceremonia. A mi hermano y a mi cuñada les dije que no aguantaríamos otro entierro. La respuesta fue tan solo un suspiro al otro lado de la línea telefónica. Cristina también vino a casa cuando se enteró. Desde la muerte de Lili yo la rehuía.

Nos sentamos en la cocina, la una frente a la otra, a la mesa donde solíamos desayunar y donde, en otra época, antes de la muerte de Lili, tomaba café con las amigas que me visitaban. Ella me miraba, a ratos aspirando bruscamente por la nariz y arrancándose con nerviosismo los padrastros de los dedos.

—¿Cómo estás? —preguntó.

—Bien.

—Has ganado un poco de peso —comentó.

No le contesté nada. Me daba igual si estaba gorda o flaca y, además, no pensaba que fuera asunto suyo. Después se puso a hablar de mi madre, de lo maravillosa que era y de lo difícil que había sido su vida. Dijo también una necedad, tratando de consolarme y enternecerme, algo por el estilo de que mi madre, a pesar de todo, había tenido dos hijos de los que podía estar orgullosa.

—¡De qué orgullo estás hablando, Cristina! —No me pude aguantar—. ¡Si la dejé enferma en la cama y durante dos años no fui a verla! Y cuando por fin fui con Lili, ni la desperté. Murió sin conocer a mi hija, a quien, para colmo, ni siquiera le puse su nombre.

—Te encontrabas en una situación complicada —me dijo—. Seguramente te comprendería. Tu padre también era una persona de trato difícil.

Permanecimos un rato en silencio. De pronto me tomó de la mano y, al apretármela, no sé cómo ni por qué, prorrumpí en llanto. Ella también se echó a llorar.

—Tienes que decírselo a Yovan —dijo.

—¿Decirle qué?

—Ya sabes —respondió.

—¡En mi vida he oído algo tan estúpido! —exclamé—. ¿Por qué le voy a decir una cosa así? ¿Pretendes que yo también me muera?

—Te matarán los remordimientos. Los secretos acaban corroyéndola por dentro a una —me dijo y empezó a llorar otra vez—. Todas las noches tengo pesadillas. Creo que, si no se lo dices, ocurrirá algo malo.

—¿Acaso puede ocurrir algo peor? Déjate de tonterías.

—Tampoco es justo para él. ¿No ves cómo ha cambiado? No hace más que revolotear en torno a ti. Parece creer que la culpa es suya.

—La culpa *es* suya —le dije a Cristina.

Cuando Yovan y yo nos acostamos aquella noche, antes de que se durmiera lo oí llorar en su cama.

—¿Qué te pasa ahora? —le pregunté.

—Perdona —respondió.

—¿Perdona por qué?

—Por tu madre.

Nos quedamos en silencio.

—Tenía miedo de su enfermedad. Me temía que, si la visitabas, a ti o a Lili también os podría pasar algo. Además, me repelían y me intimidaban la casa, el pueblo y todo. Quería sacarte de allí.

Seguí callada. Él trató de dominar su voz.

—Pero ya ves, Lili murió por mi culpa. Fue de mi familia de donde le llegó el mal. Yo soy el culpable —dijo estallando en lágrimas.

Sí que eres el culpable, quería decirle. *La culpa es solo tuya y de nadie más. Eres culpable, culpable, culpable, culpable*, me repetía para mis adentros, pero de labios afuera lo insté a que no dijera tonterías, me dejara dormir y no montara dramas adicionales, porque era *mi* madre la que se había muerto.

Por la noche soñé que Cristina y yo estábamos sentadas delante de nuestro edificio, preparando *ajvar*. La mezcla era espesa y de un rojo poco natural. Estábamos riendo y conversando como antes. Me lo estaba pasando muy bien con ella, sentía una extraordinaria ligereza. Pero de repente todo el barrio enmudeció. Nos envolvió un profundo silencio. Nosotras también nos callamos, pero continuamos removiendo lentamente el *ajvar*. Teníamos las manos y las uñas teñidas de rojo de tanto pelar los pimientos asados. Remover la mezcla con el cucharón de palo se me fue haciendo cada vez más difícil. Miré a Cristina. Tenía los ojos enrojecidos e hinchados.

—Se lo diré —declaró—. Se lo diré.

—No se lo dirás —respondí, sabiendo de alguna manera que mis palabras tenían un poder mágico que la obligaría a hacer lo que yo le ordenara en aquel momento.

Justo entonces el cucharón se me quedó atrapado dentro de la caldera. Miré en el interior. El *ajvar* estaba al rojo vivo y liso como la superficie del agua. El cucharón se había enredado en algo. A duras penas conseguí levantarlo. En la punta había unos rizos negros empapados. Devolví el cucharón a la caldera y me saqué de la boca un pelo negro. En seguida sentí que tenía otro en la boca y me saqué un rizo entero. Miré a Cristina, pero en su lugar, frente a mí, descubrí a mi madre con los pendientes de Lili. Estaba removiendo el *ajvar* sonriéndome, y de su boca salía un olor agrio, a descomposición. Abrí los ojos y me encontré de frente con Yovan. El aliento le olía igual que el de mi madre y me estaba zarandeando para despertarme.

El Ocho de Marzo

Nada de aquello habría ocurrido si no nos hubiéramos encontrado a Irena en el restaurante aquella noche. Y tampoco si yo no hubiera estado bajo la influencia de mi mentora, que llevaba meses repitiéndome que debería echarme un amante. «¿Por qué estás tan radiante hoy? Te veo muy bien. ¿Ya tienes un amante, por fin?», me decía cuando quedábamos para tomar café. O bien: «Toda mujer exitosa ha de tener un amante». Esas palabras suyas me desconcertaban, porque solían venir seguidas de informaciones sobre su marido: adónde habían ido juntos el fin de semana y qué le había comprado él. Cuando estaba conmigo, lo llamaba a menudo por teléfono y le hablaba con cariño si creía que yo no la escuchaba.

—Ya es hora de que te eches un amante, lo veo —me decía.

Empecé a preguntarme por qué me hablaba de esa manera. Primero pensé que ella misma no estaba satisfecha con su matrimonio. Pero, aparte de esos comentarios sobre amantes, no descubrí otros indicios de que estuviera descontenta con algo. Por eso decidí que probablemente el problema lo tendría yo, si mi mentora insistía tanto. Tal vez saltaba a la vista que necesitaba más sexo, me dije a mí misma. Un día, mientras estábamos tomando café, en la cafetería entró un hombre muy bien vestido, con el pelo exuberante, canoso.

—Sania —me dijo mi mentora, agarrándome de la mano—, ese es tu tipo.

No era exactamente mi tipo, pero digamos que estaba bien.

—Bueno, ¿y qué tengo que hacer para echarme un amante? —le pregunté en broma un día, porque ella también me instigaba presuntamente en broma.

De haberle preguntado si alguna vez ella misma había tenido a otra persona en su vida, probablemente no me habría contestado. No habría dicho ni sí ni no: las fronteras entre nosotras estaban claramente marcadas. Ella preguntaba, yo respondía.

—Cuando hay voluntad, todo es posible —me contestó.

No podía imaginarme lo que era tener un amante. Jamás en la vida había engañado a Boban. Ni se me había pasado por la cabeza. Nunca había conocido a otro hombre que me gustara como me gusta Boban. Él siempre me dio una sensación de comodidad, calor y bienestar. Hasta ahora no nos hemos peleado y él me brinda su apoyo en todo. Somos una familia feliz de cuatro miembros. Bueno, en los últimos tiempos rara vez hacemos el amor. Quizá una vez al mes. Pero, para ser sincera, tampoco necesito que ocurra más a menudo. Boban y yo llevamos veintidós años juntos y a lo mejor ya hemos superado todo eso. A veces, sin embargo, cuando veo una escena muy sexy con algún actor que me gusta —solo me atraen los actores, no la gente de carne y hueso—, siento las cosquillas de antes. La última vez que me ocurrió eso, me dije que no estaría mal aprovechar el momento. Me daba vergüenza reconocer que una escena erótica de una película me había excitado, así que quise insinuar mis deseos de forma sutil. Me volví hacia Boban, pero él estaba dormido en el sofá.

Estoy muy enfadada con mi mentora por haberme metido esa idea en la cabeza. Si ella —una señora tan fina, inteligente y bondadosa que no tiene igual— cree que necesito un amante, será porque de verdad me pasa algo. Toda la vida he seguido sus consejos y hasta ahora no me he equivocado nunca. Salvo esa última vez.

Sin embargo, mi mentora no es la única culpable. También lo es aquel ser abominable, Irena. Apareció en el restaurante Tres Faisanes, donde el director del centro de investigaciones nos había reunido para celebrar el Ocho de Marzo. El local estaba lleno, un grupo tocaba música tradicional y todo el mundo estaba de buen humor. La comida y la bebida corrían a cargo de nuestros compañeros del sexo fuerte. Irena armó un escándalo por eso antes de irse. Se indignó por lo que calificó de *gesto chovinista* y tiró dinero en la mesa para pagar sus copas, que fueron unas cuantas. Dijo que esa era otra forma de someter aún más a las mujeres. Un día se las colmaba de atenciones, se les pagaban las bebidas y se les regalaban flores, mientras que el resto del año eran unas esclavas. Esa actitud presuponía desigualdad, en clara contradicción con la idea originaria del Ocho de Marzo, nos aleccionó ella.

—¿Qué te pasa, Irena? ¿Nadie te ha regalado una flor hoy? —empezaron a bromear los hombres allí presentes—. ¿O es que llevas mucho tiempo sin otra cosa? —continuaron.

Irena se enfureció y se fue. Yo me quedé supercontenta. Hubiera debido decirle: «Si eres tan feminista, ¿por qué has venido a la fiesta?». Quizá se lo diga algún día.

Cuando apareció, sin embargo, estaba más guapa que de costumbre: todo un milagro. Se había tomado la molestia de arreglarse, algo excepcional en ella. Suele venir a trabajar en tejanos y zapatillas deportivas, lo cual me parece inadmisible en una joven profesional, lo mismo que en cualquier profesional, por cierto. Esas no son formas de ir al trabajo, y punto. Nunca la he visto llevar traje, por no hablar de tacones altos. Las uñas siempre las tiene hechas un desastre. Dudo que sepa lo que es la manicura, y de la pedicura ya ni hablamos. Además, yo que ella no estaría tan orgullosa de no peinarme. Tiene el cabello naturalmente rizado y nunca se lo alisa ni se hace nada. Maquillaje casi nunca se pone, aunque le favorecería mucho. Lleva joyas: algún que otro pendiente de madera o brazalete de piedras, siempre baratos. Nunca la he visto con nada caro. Pero podría ser muy guapa si se lo propusiera. Tiene piernas delgadas, tetas grandes, un culo bonito. No está gorda, luce un bronceado precioso, oscuro, labios carnosos y ojos verdes. Si se maquillara y se arreglara, podría ser atractiva: eso lo he comentado también con los demás compañeros y compañeras.

En la mesa del restaurante Tres Faisanes me tocó sentarme al lado de Toni, un compañero varios años mayor que yo. Fuimos al mismo instituto y a la misma universidad, donde hace tiempo él fue profesor asistente. Ahora trabajamos juntos y nos llevamos bien. Sobre todo porque él también está casado y tiene un hijo. Cuando Irena entró, Toni y yo la examinamos de pies a cabeza. Mientras saludaba al resto de compañeros, nosotros dos comentamos su apariencia.

—Mira tú, ¡cómo va la Irenita! —dijo él—. ¿Qué le habrá pasado? —Me dirigió una mirada pícara y los dos estallamos en carcajadas.

Irena llevaba un vestido negro que se abotonaba en el medio y le llegaba hasta las rodillas. No tenía tacones altos, pero el vestido daba buena impresión, porque le subrayaba las curvas. Tenía pendientes verdes de piedra en forma de lágrimas, un bolso verde y zapatos también verdes. Se había esmerado. Yo me preguntaba cuál podría ser la causa, teniendo en cuenta que era una feminista. Había una silla libre a mi lado y allí se sentó.

Toni ya estaba algo achispado y, como caballero que era, me llenaba la copa de aguardiente siempre que la veía medio vacía. A Irena también le echó aguardiente.

—¡Qué guapa estás, Irena! —le dije.

—Gracias —respondió ella, y se mordisqueó la uña del pulgar. De haber llevado pintalabios, se le habría corrido

—Sí, una maravilla, este look nuevo, muy atractivo. Ya era hora de que te pusieras las pilas —dijo riéndose Toni— y nos dejaras ver tus gracias. Je, je, je.

Irena continuó mordiéndose el pulgar.

—Gracias —dijo, sacándose un padrastro de la boca. Qué feo, pensé yo.

—¿Vas a salir después con tu novio? —le pregunté, sabiendo que tenía uno desde hacía mucho tiempo.

—Probablemente saldremos después, sí —me respondió.

—Uf, novio —dijo Toni—. ¿Todavía con novios, a estas alturas?

Irena iba a replicarle algo, pero Toni se le adelantó:

—¿Cuántos años tienes ya? ¿Treinta y uno? Has terminado todos los másteres y doctorados, ¿a qué esperas? —Toni la pinchó con el índice en el hombro, guiñándole el ojo con picardía.

—Sí, ¿por qué no os casáis? —le pregunté yo. Me interesaba de verdad. No podía entender por qué la gente hacía cosas como vivir arrejuntados. Creía que a lo mejor uno de ellos no quería contraer matrimonio porque estaba esperando a ver si encontraba a alguien mejor.

Irena se encogió de hombros:

—¿Para qué? Llevamos años viviendo juntos. Es como si estuviéramos casados.

—Ah, no, me vas a perdonar —dijo Toni—, pero un matrimonio es un matrimonio. Un contrato es un contrato. Sin eso no hay que fiarse.

—Venga, hace mucho que no bailamos en una boda —intervine yo.

—No hace falta que sea una boda a lo grande, no tienes más que traernos una tarta y nosotros hacemos la fiesta —gritó Toni, levantando la copa de aguardiente para brindar con nosotras.

Los tres chocamos las copas. Irena lo hizo con desgana.

—¿Sabes lo que más me apetece en este momento? —me dijo Toni de repente, llevándose una mano a la barriga y desperezándose con la otra. Los ojos le chispeaban por el alcohol—. Hígados.

De pronto a mí también me entraron ganas de hígados.

—¡Uy, yo también me zamparía una ración! —confesé—. Pero es que la cebolla…

—Qué más da la cebolla, que se preocupen de ello los solteros —dijo con una sonrisa, mirando a Irena.

Se hizo un silencio incómodo, porque Irena se mantuvo impasible.

—Bueno, en serio. ¿A qué espera tu novio? ¡Se te va a pasar el arroz, mujer! No podrás quedarte embarazada —dijo Toni.

Irena quiso contestar algo, pero pareció vacilar un instante y yo aproveché para intervenir porque, inesperadamente, tal vez a causa del alcohol, me invadió una enorme felicidad por ser una madre y una profesional. Y, además, por ser una mujer elegante y de aspecto cuidado. Irena me pareció una alumna a la que debía darle un consejo vital, de la misma manera que mi mentora me daba consejos a mí.

—Lo más importante en este mundo es tener hijos. Yo tuve al primero a los veintisiete y ahora me arrepiento de no haberlo tenido antes.

—Yo también me arrepiento de no tener más que uno. No hay mayor riqueza que los hijos —dijo Toni, mirándome comprensivo.

—Los hijos son lo único en el mundo que te dará sensación de plenitud —proseguí yo, inspirada—. Una mujer que no es madre es una mujer no realizada —dije pensando en mi tía soltera que padecía de hipocondría.

—¿Y por qué no les coméis el coco con eso a mis compañeras más mayores? —dijo de repente Irena. Las palabras le salieron con torpeza de la boca.

—Para ellas ya no hay esperanza. Todas tienen treinta y seis o treinta y siete años, ya se han quedado para vestir santos. ¿Acaso quieres verte un día en la misma situación en la que las ves ahora a ellas? —le replicó Toni. Él también, como yo, la miraba con verdadera preocupación. Al principio hablaba en broma, pero me di cuenta de que ahora ambos lo hacíamos por el sentido de la responsabilidad hacia esa compañera nuestra que tenía todo el potencial de convertirse en una mujer guapa y socialmente exitosa.

—¿Y cómo las veo yo ahora a ellas? —Irena frunció el ceño y una profunda arruga se le formó entre las cejas. De golpe pareció mucho más vieja de lo que era.

Toni bajó la voz y se inclinó hacia Irena. Echó una mirada hacia los demás comensales para asegurarse de que no nos escuchaban. Pero el violinista y el guitarrista del grupo que actuaba se habían bajado del pequeño escenario y les estaban tocando al oído a dos mujeres jubiladas de nuestro centro de investigación, de modo que todos miraban en su dirección, batiendo palmas al compás de la música.

—¿Ves lo frustrada que parece Ema porque se le ha pasado el momento de tener hijos y marido?

Ema se peleaba con todo el mundo, siempre estaba intentando hacer justicia. Hasta llegaba a los ministerios para luchar por sus causas. Parecía lesbiana.

—Sí —asentí yo—. Y Nevenka también. El mismo caso.

Nevenka rozaba ya los cuarenta.

—¿Pero ella no tenía novio? —preguntó Irena.

—Sí tiene. El mismo de siempre, si te refieres a ese. Uno así de corpulento. Me parece que es médico, gastroenterólogo. Es decir, que no está mal. Pero, así y todo, es de segunda mano, como quien dice. Veo ahora que algunas compañeras mías también tienen que conformarse con parejas de segunda mano. O de tercera. Pero qué se le va a hacer.

Me imaginé lo terrible que sería divorciarme y rebajarme al nivel de tener que tratar con hombres divorciados y con hijos.

—Y, después, los hombres tan panchos. Se encuentran a una jovencita para que les haga compañía y se ocupe del hijo de la esposa anterior. ¿Te acuerdas de Mariana? —me preguntó Toni—. Se pasó la vida cuidando del hijo de su marido y ahora, con cuarenta y cinco años, se ha quedado sin uno propio. Quizá tenga que adoptar.

Los dos miramos a Irena. Callaba y se rascaba nerviosamente la nuca, como si intentara sacarse algo. Qué feo, pensé. Esas cosas no se hacen en público.

En eso llegaron los hígados. Toni se entusiasmó al verlos, dejó caballerosamente varios trozos primero en mi plato y, sin dejar de sonreír, trató de servirle también unos cuantos a Irena, intentando al mismo tiempo cerrar el tema:

—Así que trato hecho. Una boda y un hijo, *con urgencia* —dijo guiñándole el ojo, al tiempo que acercaba el tenedor con un trozo de hígado algo más grande al plato de ella.

Irena le empujó bruscamente el tenedor y la carne cayó sobre el mantel.

—¿Y a ti qué cojones te importa si tengo hijos o no? —estalló de repente. Toni todavía estaba con el tenedor en el aire. Irena hablaba en voz baja, entre dientes—: ¿No podéis dejar mi coño en paz? ¿Os he dicho yo alguna vez qué tenéis que hacer con vuestros genitales?

Era tan grosero lo que dijo que no atinamos a reaccionar. Nunca había oído palabras como esas en público. Mucho menos de boca de una mujer.

—¡Miraos vosotros dos! Os estáis pudriendo en vuestros matrimonios apestosos e intentáis arrastrar a todos los demás al mismo pantano maloliente. Todo el tiempo metéis las narices en la vida privada de los demás, dando lecciones sobre moral y sobre hijos, mientras que a escondidas seguramente estaréis enrollados. ¿Adónde vais a ir los dos después de esto, eh? ¿Creéis que soy ciega y no veo lo que estáis haciendo? Hígados, no sé qué, no sé cuántos… ¡Por qué no os vais a la mierda! —dijo Irena, poniéndose de pie.

Se fue al otro extremo de la mesa y se sentó junto a las jubiladas, donde en un abrir y cerrar de ojos armó un escándalo sobre la celebración del Ocho de Marzo y se marchó de la fiesta.

—¿Qué ha sido eso? —preguntó Toni tras el desplante de Irena.

—Estos jóvenes no tienen modales. No respetan ninguna autoridad —repetí las palabras que mi mentora me decía a menudo. Las manos me temblaban. No solo por la grosería de Irena. Era como si hubiera dicho algo de mí que yo misma desconocía, algo muy íntimo de lo que no había sido consciente.

—Increíble —dijo Toni, dándole un mordisco al hígado—. Mmm, riquísimo. —Hacía mucho ruido al masticar, resoplaba por la nariz. Por un instante la preocupación en su cara se convirtió en satisfacción, pero luego pareció volver a acordarse del tema.

—No puedo cerrar los ojos ante tamaña desfachatez.

—Tienes razón, no puede quedar sin consecuencias —comenté, preguntándome en seguida qué era lo que quería decir con eso.

—No debemos colaborar con ella, coincido contigo.

—Hace tiempo que tú y yo no colaboramos en ningún proyecto. —En el momento de pronunciar esas palabras, volví a preguntarme por qué las decía. Algo de lo que había dicho Irena me había zaherido y, además, estaba un poco mareada por el aguardiente. Sin saber qué hacer, me metí un trocito de hígado en la boca. Estaba delicioso.

Seguimos hablando de Irena un rato y nos terminamos los hígados. Cada tanto, Toni me llenaba la copa. A medida que nos esforzábamos por hablar en serio acerca del proyecto en el que podríamos colaborar en el futuro, recordando el primero en que habíamos participado juntos hacía más de una década, su cara se me fue haciendo cada vez más atractiva. Me di cuenta de que me había enderezado y de que me apartaba el flequillo siempre que él me miraba. «Toni es un muchacho muy agradable», me había dicho una vez mi mentora. «Tiene algo de… neandertal en la cara», había añadido con socarronería, «pero aun así es simpático. Su cuerpo es un poco cómico. ¿Te has fijado en lo delgaditas que son sus piernitas?»

Yo contemplaba lo «neandertal» en el rostro de Toni y me percaté de que su frente pronunciada sobre los ojos en realidad me atraía. Tenía las cejas espesas y oscuras, que esa noche me parecieron dos zafiros relucientes. Cada vez que me miraba, el azul intenso de sus ojos me pinchaba como una lezna bajo la tráquea.

Me quedé pensando también en sus «piernitas». Toni era alto y de complexión un poco peculiar, pero se notaba que de joven había sido atractivo, antes de que se le formase el cinturón de michelines que le daba la forma de un diamante. Tenía asimismo una prominencia donde le comenzaba la parte trasera del cuello, por lo que daba la sensación de gibosidad y, por consiguiente, de cierta inseguridad. Sus piernas eran largas, flacas, fusiformes —casi femeninas— y por eso mi mentora las había llamado de esa manera. Pero, en cambio, tenía los brazos fuertes y las manos enormes, con pelos debajo de los nudillos. En el anular le brillaba una alianza de oro. Me fijé en ella: refulgía, deslumbrante, en medio de todos los cubiertos desperdigados por la mesa, sobreponiéndose a la música popular que se iba haciendo cada vez más fuerte, al vocerío de la gente borracha y a la danza en círculo de mujeres regordetas que daban tumbos a nuestro alrededor.

—Perdona —Toni se acercó a mi oreja, rozando con sus labios un mechón de mi pelo—, mi mujer me reclama otra vez. Tengo que contestarle —dijo y, cubriéndose la boca con la mano en la que le brillaba el anillo, gritó al teléfono—: ¡Dime! Estoy en una fiesta. ¿Qué quieres? —vociferaba—. ¡No sé cuándo estaré de vuelta! —Colgó, apagó el móvil y lo tiró de forma ostentosa sobre la mesa.

Se me volvió a acercar. Sentí su aliento cálido en mi oreja, y la parte trasera del cuello se me erizó levemente.

—Discúlpame —dijo—, pero no sé qué hacer con mi mujer. Me pone de los nervios. —Se separó de mí y, con cara de autocompasión, bebió un trago de aguardiente.

—¿Cuál es el problema? ¿Te llama mucho cuando estás fuera de casa? —Ahora fui yo la que se le acercó, oliéndole la zona del cuello donde se había puesto colonia.

—*To-do-el-tiem-po* —acentuó cada sílaba con los ojos abiertos como dos lunas llenas, y vi que la dentadura le brillaba. Me di cuenta de que era postiza, ya que la unión con las encías era poco natural. Volvió a acercárseme—:

No sabe qué hacer con su vida. Está obsesionada con la casa. Durante días enteros no hace más que limpiar y ocuparse de lo que comeremos mi hija y yo. Dice que no soy hogareño. Me echa en cara que salgo a menudo, que gasto demasiado, que en los bares invito a todo el mundo. Me acusa de que no la ayudo en casa, de que le hago la vida difícil. A veces hasta me llama borracho. —Sonrió, chocando su copa contra la mía. Los dos tomamos un trago de aguardiente.

—¿Bebes mucho? —me atreví a preguntar—. ¿Y con qué frecuencia sales?

—Pero ¡qué voy a beber ni salir! Dos o tres veces a la semana voy a un bar con los amigos. Y cada vez que salgo, lo mismo: «¿Cuándo volverás? ¿Qué has tomado? ¿Cuánto te has gastado?» —dijo, torciendo la boca y alzando la voz al imitar a su esposa. Después se apartó un poco de mí y juntó el pulgar a los otros cuatro dedos de la mano con el anillo, en un gesto que parodiaba a alguien hablando demasiado—: ¡Bla, bla, bla! —dijo en voz alta—. ¡Me llama a cada rato, jodiéndolo todo! —gritó aún más fuerte.

Le puse cariñosamente la mano en el hombro.

—No te sulfures —le dije—. Me parece que tienes una mujer posesiva. Piensa que, al fin y al cabo, eres una persona excepcional. —Las palabras me salieron solas de la boca.

Apoyado en un codo sobre la mesa, me miró con los ojos entornados. Quería y esperaba más.

—Piensa que eres un intelectual de primera. Además de un esposo responsable y un excelente padre —declaré, aunque no estaba nada segura de que eso fuera cierto—. Cualquier mujer se sentiría feliz de estar a tu lado —me oí decir de pronto, sintiendo que la sangre se me subía a la cara.

—Exagerada —me contestó, pero me pareció como si se inflara. Arrimó un poco más su silla a la mía. El pecho se le hinchó. Se le iluminó la cara—. ¿Yo, un intelectual de primera?

—¿No lo sabías? —dije como sorprendida—. Si eres uno de los especialistas en tu área más respetados de todo el país. Son poquísimos los que tienen conocimientos tan profundos como los tuyos —repetí lo que le había oído decir a mi mentora.

—Qué va, ahora ya sí estás exagerando. —Hizo un gesto de desdén con la mano, luego la metió en el bolsillo y sacó un cigarro.

—¿Crees que mi criterio no es fiable porque estoy casada con un poli? —Suelo bromear con el oficio de mi marido en todo tipo de situaciones, porque provocan indefectiblemente la risa del interlocutor y me hacen parecer muy chistosa.

—Tienes buen sentido del humor —dijo Toni riéndose—. Es una cualidad poco frecuente en las mujeres. —Estas palabras suyas me provocaron un subidón de energía positiva. Orgullo, pensé.

—Acompáñame afuera para que me fume un pitillo. Aquí ya hay mucho ruido y es agobiante, apenas te oigo.

—A mí también me vendría bien uno. ¿Tienes?

De pronto me entraron muchas ganas de fumar, aunque llevaba años sin encender un solo cigarrillo. La última vez que lo hice fue antes de que naciera mi hija, durante unas vacaciones que mi marido Boban y yo pasamos en Herceg Novi. De hecho, fue entonces cuando me quedé embarazada.

Salimos afuera, refugiándonos debajo de un alero en el extremo más alejado del jardín del restaurante, donde había también un pequeño banco de madera. Desde dentro llegaban cantos y un solo de armónica. Nos sentamos en el banco con nuestras piernas tocándose. Me alcanzó un cigarrillo y me lo encendió con uno de aquellos mecheros que tienen la llama grande y huelen como una bomba de gasolina. Abrió y cerró el mechero con destreza, como yo lo sé hacer con un abanico. Los dedos me temblaban ligeramente mientras él me daba fuego. Me sentí como si estuviera en una cita romántica, cosa que no me sucedía desde mi juventud.

—Volviendo a lo de antes —prosiguió él, obviamente interesado en nuestra conversación—. El caso es que mi vida no es muy fácil.

—Cada uno tiene sus problemas. Es normal.

Di una calada del pitillo y me mareé un poquito, pero disimulé. Decidí no aspirar tan profundo. Él fumaba callado, con el cigarrillo entre el pulgar y el índice.

—Y tu poli, ¿qué tal? —preguntó sonriendo con picardía—. ¿Hace de poli en casa?

—No —contesté y, excitada por la pregunta, le di una calada más fuerte al cigarrillo y me volvió a dar vueltas la cabeza—. En nuestra casa, es él quien sale mucho a divertirse. Pero yo no le doy la lata preguntándole dónde está. A menudo sale tarde del trabajo. Y se va de juerga con los amigos. Quién sabe adónde irá y qué hará.

Me miré los zapatos. Me parecieron fantásticas sus suelas finas y me armé de valor para continuar diciendo cosas que quizá no hubiera debido revelar, o a lo mejor las exageré un poco más de la cuenta.

—La verdad es que no me molesta. Cuando nuestros hijos crecieron, por fin comprendí lo que era vivir en paz. Él sale por la noche, mientras que yo pongo la tele y veo telenovelas. A veces me paso horas viéndolas, así es como descanso. Me gustan esos momentos de soledad. La soledad es un lujo —repetí otra de las frases de mi mentora.

—Perdona que te lo diga, pero yo que él no te dejaría sola —dijo Toni, dándole una calada al cigarrillo. Se oyó quemarse el tabaco y, luego, su aliento al exhalar el humo—. Una mujer como tú no se encuentra todos los días.

—¡Anda, no exageres! —Ahora era mi turno de ruborizarme.

—En serio.

Se volvió hacia mí y me miró. Tenía los ojos pensativos, como si me observara desde lejos. En aquel preciso instante la música en el restaurante cesó. Se oyeron aplausos y gritos.

—Parece que la fiesta ha llegado a su fin —dije—. Y ahora tendremos que despedirnos de todos —suspiré.

—Larguémonos, rápido. ¿Tienes coche?

—No, mi marido se lo ha llevado esta noche.

—Vamos en el mío, entonces.

Yo sabía que él estaba un poco bebido, pero el instinto me hizo callar y dejarle que condujera. Nos dirigimos al aparcamiento. Caminamos en silencio, uno al lado del otro, escuchando nuestros propios pasos. Lamentaba que nos marcháramos. No quería que la noche acabara, tenía ganas de estar pegada a Toni. Anhelaba que me besara y me envolviera en sus brazos, y no sentía la menor vergüenza por desearlo. Al subir al coche, el deseo se hizo más fuerte: en aquel momento ese era nuestro nido íntimo, nuestra casa provisional. En el interior se distinguían dos perfumes: el de la colonia de Toni y el de lavanda del ambientador. Encendió el coche y el motor empezó a ronronear. Se iluminaron las luces del salpicadero, que alumbraron nuestras caras como la débil llama de una chimenea. En la radio sonaba una canción de Vlado Yanevski. «A mi lado brillarás como una luciérnaga en las tinieblas…», cantaba, mientras yo me derretía de gusto y deseaba no salir nunca de aquel coche. No quería que arrancáramos. Deseaba que aquello durase para siempre. Entonces el teléfono de Toni volvió a sonar. Su esposa.

—¡Ah, esta vez no! —dijo apagando el móvil—. ¡Se me ha acabado la batería! ¿Entiendes? —dijo sin mirarme a los ojos, girando enérgicamente el volante. Me pareció aún más varonil que antes.

Mientras conducía, Toni tenía el aire pensativo. Yo le lanzaba miradas furtivas con el rabillo del ojo. Varias veces tomó aliento como si fuera a decir algo, pero desistió. Al final hizo un comentario sobre lo fuerte que brillaba la cruz del monte Vodno esa noche.

—Sí, es hermosa —dije, dudando si debía reconocer que me gustaba. Había gente en el centro de investigaciones que odiaba aquella cruz y no era buena idea confesarle a esa gente que te parecía bonita. Toni añadió:

—No había cruz cuando estuvimos allí en tu fiesta de fin de carrera.

—¡Cómo nos emborrachamos, madre mía! Tú eras profesor asistente, y yo estudiante. No nos comportamos de manera muy profesional que digamos, pero nos lo pasamos muy bien. Y nos hizo muy felices que nos acompañara un profesor.

—Bueno, la diferencia entre nosotros no era tan grande. Yo tenía veintinueve, y tú veintidós. Y, además, yo nunca te di clase.

—Ya lo sé —dije, innecesariamente.

—Pero sabía muy bien quién eras.

Yo no alcancé a contestar nada. Me dio un vuelco el corazón.

—¿Quieres que subamos al mirador, y nos fumamos otro? Hace una noche maravillosa —propuso.

Asentí con la cabeza.

—A decir verdad, no tengo ninguna gana de volver a casa —lo alenté—. Pero no sea que tu mujer te regañe.

—Olvídate de ella —dijo girando a la izquierda y enfilando hacia el Vodno.

Dejamos el coche en el aparcamiento al lado del mirador. Bajé y me dirigí con cautela hacia la barandilla, desde donde se abría una vista más bonita de la ciudad.

Caminaba consciente de la impresión que causaban mi esbelta figura, la soltura de mis pies en los zapatos de tacón alto, mis largas piernas y mi culo firme. Fui pisando despacio hacia la barandilla, meneando con desenvoltura las caderas. Estaba segura de que Toni, que caminaba detrás de mí, me estaba observando. Lo sentía como un gigantesco animal salvaje acechándome sigilosamente, y el cuerpo se me erizó.

La ciudad estaba cubierta de un esmog que a la luz de la luna llena parecía leche aguada. El titilar de las lucecitas de los coches y las viviendas a duras penas atravesaba la niebla.

—Hay luna llena —observé, pero Toni no respondió, así que seguí hablando—: Cuántas vidas, cuántas historias transcurren en esa ciudad, historias que no conocemos —dije enternecida. Lo hice adrede. Quería demostrarle que me había puesto sentimental y que era muy lista. Pero él se limitó a decir que sí, metiéndose las manos en los bolsillos. Después pareció levantarse un poco de puntillas, y volvió en seguida a su sitio.

—Justo aquí estuvimos entonces, en tu fiesta. ¡Dios mío, cuántos años han pasado!

—El tiempo corre como un río y nosotros permanecemos en el mismo sitio, como guijarros. El tiempo nos va desgastando sin que nos demos cuenta —proseguí, repitiendo en esa ocasión las palabras que decía mi abuela cuando tomaba más *ouzo* de la cuenta durante la comida. Como él no sabía qué decir, yo añadí algo a lo que estaba segura de que reaccionaría—: Hemos envejecido.

—Tú eres la misma de antes —me dijo volviéndose hacia mí, apoyado en un codo sobre la barandilla—. Siempre fuiste la más guapa y sigues siendo la más guapa.

No sé de dónde saqué el coraje de mirarlo directamente a los ojos. Él también me estaba mirando. Con el índice se palpó los labios, haciéndome una señal para que lo besara. Me acerqué y lo hice. Mientras lo estaba besando, en mi cabeza se desencadenó una tormenta de pensamientos. En su mayoría, giraban en torno a la idea de que por primera vez le estaba siendo infiel a mi marido. Pero lo más importante era que me importaba un bledo. Mientras mis labios estaban pegados a los de Toni, me acordé de la relación que había tenido con Marian antes de casarme con Boban. Fue con Marian con quien perdí la virginidad y con él llegaba a tener dos o tres orgasmos mientras hacíamos el amor, una actividad que solía prolongarse un buen rato. Nuestra relación, sin embargo, duró muy poco, porque él me dejó tras unos cuantos meses y eso me hizo mucho daño. De Boban estaba enamorada, pero el sexo con él no me llenaba lo suficiente, en el sentido literal de la palabra. En las revistas decían que lo más importante era la técnica, no el tamaño; mis amigas decían lo mismo, pero hasta hoy día me da vergüenza reconocer que, de una u otra manera, durante todos esos años, ansié algo más grande, como el miembro de Marian. Me preguntaba si algún día iba a tener la oportunidad de experimentar todas aquellas cosas de las que hablaban las mujeres en las series de televisión o en las revistas y que no llegaba a experimentar plenamente con Boban. Mi vida amorosa con Boban era agradable, pero aburrida, hasta el punto de que a veces evitaba acostarme con él cuando me llamaba a la cama, demorándome más de lo necesario en lavar los platos. Tardaba tanto en terminar que Boban acababa durmiéndose y yo ya no tenía que hacer el amor con él ni fingir que me gustaba. Al fin y al cabo, Boban era muy atento y bueno conmigo, por eso me daba pena mostrarle mi desinterés y recurría a subterfugios. Él insistía en que necesitábamos comprar un lavavajillas, pero yo me resistía, alegando que gastaría mucha electricidad y, además, nunca dejaría los platos completamente limpios, lo cual no era cierto.

El aliento de Toni era cálido y tan fuerte como su perfume. Nada más juntarse nuestros labios, él me los separó con su lengua. Tenía un sabor amargo, como los cigarrillos que fumaba. Se irguió y, abrazándome por la cintura, me introdujo la lengua muy adentro. Me sacaba una cabeza, así que tuve que torcer el cuello hacia atrás. Fue hurgando con la lengua como si buscara algo en mi boca. No estaba segura de si me gustaba su beso, pero por lo menos en él había una pasión que no veía desde hacía tiempo. Yo también extendí la lengua, con lo que nuestro beso empezó a parecer una lucha. Nuestros dientes entrechocaban y toda la piel alrededor de mi boca se cubrió de saliva. Sus manos se pusieron a recorrer mi espalda para llegar poco después hasta mis nalgas, a las que empezaron a masajear rítmica y enérgicamente. Me lamió la barbilla y el cuello y después pasó a mi oreja. «Sania, Sania», murmuraba, ahora ya pellizcándome el culo. Se pegó a mí y sentí algo duro sobre mi ombligo. No estaba segura de si se trataba de la hebilla del cinturón o de otra cosa. De repente comenzó a desabrocharme la camisa. Me sacó uno de los pechos, y se puso a lamerlo y a chuparlo. «¡Qué guapa eres!», susurraba entre beso y beso, lo cual me agradaba mucho: hacía tiempo que nadie me hablaba de esa manera.

Me di cuenta de que poco a poco me iba empujando a la izquierda, hacia el vehículo estacionado.

—Vamos a otro lugar, aquí hay demasiada luz —me dijo, arrastrándome de la mano. Con la mano libre traté de abrocharme la camisa—. No, déjala —susurró cuando subimos al coche.

Volvió a sacarme uno de los pechos y se puso a chupármelo otra vez. Después encendió el motor y arrancamos. De modo que eso era, pensé. Eso era el adulterio. Un coche, oscuridad, alcohol. Menos mal que estoy depilada, pensé; si no, no me habría desnudado.

Toni conducía despacio por la carretera principal. En un momento dado se desvió por un caminito de tierra escondido, paró y dio marcha atrás.

—No era aquí.

Quería preguntarle de dónde conocía esos lugares, pero me contuve.

Finalmente aparcó no muy lejos de la carretera. Era como un pequeño claro, con un árbol grande delante y arbustos alrededor. Se bajó y pasó al asiento trasero. Lo hizo tan rápido que me dejó sorprendida.

—¿A qué estás esperando? —preguntó—. Ven aquí. Hay más espacio.

Todo era tan premeditado, tan rutinario, que quedé decepcionada y el deseo de serle físicamente infiel a mi marido se me esfumó. Pero me fui con él, porque ya había llegado a un punto del que no tenía sentido volver atrás.

Relájate, me repetía a mí misma. Es lo que me decía Marian las primeras veces que hicimos el amor. Disfrútalo, pensaba yo. No es un delito. Todos lo hacen, hasta mi mentora, me decía para mis adentros mientras Toni me lamía el cuello y las tetas. Abrí los ojos y me puse a observar lo que me estaba haciendo. Mis pechos en sus grandes manos parecían dos tacitas de café bocabajo. Suspiré en voz alta. Boban nunca me apretaba tanto. Pensándolo bien, era demasiado delicado. Trataba mi cuerpo como si fuera un busto de porcelana. Me hacía acostarme en la cama y me acariciaba un buen rato, besándome tan suavemente que me parecía como si mariposas me recorrieran la piel. Mientras que Toni en un santiamén me desgarró las medias, me quitó las bragas y me subió la falda hasta el ombligo. No sabía exactamente lo que estaba sucediendo conmigo: me mordía, me pellizcaba y me metía los dedos adentro con tanto ímpetu que me causaba dolor. De pronto se detuvo para desabrocharse el pantalón. Se lo bajó hasta las rodillas.

—Métetela un rato en la boca —me dijo.

La tenía medio floja. Con una mano empezó a estirársela, mientras con la otra me sujetaba la cabeza para que no la pudiera levantar de su regazo. Movía las caderas a la derecha y a la izquierda, llenándome la boca. Además, me advirtió: «Cuidado con los dientes», lo cual era imposible de cumplir, dado su continuo movimiento. Sentí náuseas y la nariz comenzó a gotearme, pero no podía hacer nada, porque él me sujetaba la cabeza con fuerza.

Traté de conservar mi feminidad, de no emitir gruñidos, de no sorberme los mocos, pero mis esfuerzos fueron inútiles a causa de sus movimientos violentos, cada vez más desesperados. De pronto la sentí endurecerse un poco y eso me animó, me hizo poner más dedicación en la labor. Y justo en aquel momento percibí con el oído izquierdo un ruido fuerte y prolongado que provenía de su vientre. Al principio resonó como un trueno lejano, pero en seguida se convirtió en un chillido agudo. En ese momento Toni dejó de moverse tanto y en seguida volvió a perder la erección. Al darse cuenta, se puso otra vez a hacer todo tipo de contorsiones y a empujarme la cabeza hacia abajo, de manera que volví a tener náuseas. Sucedió lo mismo: un chillido proveniente de sus entrañas, fuerte, prolongado, casi musical, seguido de una pausa y, de repente, un hedor intenso y húmedo que me dio en plena cara. Las náuseas se convirtieron en arcadas y sentí la comida del restaurante Tres Faisanes subiéndome por la garganta. Cerré la boca y con las mejillas hinchadas busqué la puerta del coche por encima del regazo de Toni, pero no llegué a abrirla a tiempo. Salpiqué la ventanilla y la mano en la que llevaba el anillo. Hígados, perejil, aguardiente, agua, cebolla: lo vi todo salirme por la boca y la nariz.

—¡Mira lo que has hecho! —me gritó Toni en vez de ayudarme—. ¡Apártate! —me dijo empujándome y tratando de sacar su cuerpo de debajo del mío, pero se enredó, porque tenía los pantalones bajados hasta las rodillas.

Finalmente llegó a rastras hasta el otro extremo del asiento trasero, lo más lejos posible de mí. Mientras que yo, de rodillas sobre el asiento y con la cabeza fuera del coche, no dejaba de vomitar. Cada vez que pensaba que todo había acabado, me incorporaba y levantaba la cabeza, pero en seguida sentía el mismo hedor y el sabor de los hígados en algún lugar entre el estómago y la garganta, las arcadas regresaban y volvía a vomitar un líquido ácido. Toni seguía sin decir esta boca es mía. Ni siquiera se atrevía a tocarme, como si le diera asco. No se me había ocurrido que él también pudiera sentirse mal, hasta que comenzó a emitir ligeros quejidos. Lo oí moverse. Miré hacia él y lo vi doblado en dos, con la cabeza entre las rodillas. De golpe abrió la puerta en un intento de salir, pero se le olvidó que tenía los pantalones bajados y cayó de bruces al suelo. Se oyó un golpe sordo, seguido de un pedo sonoro. Dios mío, pensé, esto no puede ir a peor. Pero resultó que sí podía. Toni se puso de pie, intentando correr al tiempo que se subía los pantalones. En aquel momento sus piernas me parecieron realmente cómicas, como las de una pequeña cigüeña que estuviera aprendiendo a andar. Llegó a la carrera hasta un árbol grande y se apoyó en él, a punto de vomitar. Cuando le venían las arcadas, emitía un sonido gutural, como si levantase un peso sobrehumano; después soltaba un pedo corto pero fuerte. Eso se repitió varias veces, pero no llegó a devolver. Luego se escondió apresuradamente detrás de un arbusto. Volví a oír los mismos sonidos, pero a pesar de que él era bastante alto, no conseguía verlo detrás de aquella planta tan baja. Fui corriendo hacia allá, pero tuve que detenerme delante del matorral, porque un hedor muy fuerte me dio en la nariz y oí a Toni decirme con un hilo de voz: «¡Vete más lejos!». Estuve un rato escuchando gorgoteos, derramamiento de líquidos, quejidos. Hasta que, de pronto, percibí con el rabillo del ojo la presencia de una fuente de luz. Giré la cabeza, pero una linterna me deslumbró. Alguien se me estaba acercando en la oscuridad, iluminándome directamente a los ojos. Cuando me hubo examinado bien la cara, pasó al resto de mi cuerpo. Yo tenía la ropa desabrochada, una de las tetas fuera del sostén, la falda torcida, y me faltaban las medias.

—Buenas noches —saludó el policía, acercándose—. ¿Algún problema?

No podía ver su rostro. Recé a Dios y al diablo para que no fuese algún conocido. En ese instante Toni se levantó y, saliendo de detrás del arbusto, se puso a mi lado como un paladín derrotado.

—¿Qué están haciendo aquí? —las palabras del agente sonaron como una acusación, no como una pregunta.

—Tenemos una intoxicación —contestó Toni.

—¿Han bebido? —dijo el policía, ahora con un tono más cercano al de una pregunta.

—No, hemos comido hígados —respondió Toni.

—Venimos de un restaurante —añadí yo.

—Documentación, por favor —dijo secamente. Yo esperaba en vano percibir alguna nota de humanidad en su voz.

—Ahora mismo, la tengo en el coche —dijo Toni y corrió hacia el vehículo. Su servilismo me pareció asqueroso. Fui tras él, tratando de enderezar mi falda. Toni abrió la portezuela del conductor, con el agente a sus espaldas.

—Joder…, ¡qué es esto! —gritó este cuando pisó mi vómito.

—Ay, perdón. Tenemos una intoxicación muy muy desagradable —dijo Toni—. No vaya a comer al Tres Faisanes, mañana mismo los denuncio. Nunca me había pasado nada igual —dijo Toni, nervioso, poniéndole el carnet de conducir en la mano al agente mientras este se iluminaba el zapato.

—Disculpe, ¿quiere una toallita? —le dije, alcanzándole con una mano un paquete de toallitas húmedas que saqué del bolso.

—Muéstrenme los documentos de identidad de los dos, por favor. —El policía mantuvo su actitud profesional aun después de haber pisado mi vómito.

Pensé en decirle que no lo llevaba encima. Para que no viera mi apellido. La oscuridad era muy densa, la luz de la linterna me había dejado manchas luminosas en el campo visual y no podía distinguirle bien la cara. Era joven: mi marido no tenía muchas amistades entre sus compañeros jóvenes. Además, la policía es una institución muy grande, traté de animarme a mí misma. Era posible que no se diera cuenta.

—Usted también, señora —me dijo al verme inmóvil.

Yo me había aferrado a mi bolso. Al final no tuve más remedio que mostrarle mi documento de identidad. Si me negaba, podría llevarme a la comisaría, donde el peligro sería aún mayor.

—¿Sabe cuál es la sanción por lo que han hecho? —dijo el policía examinando el carnet de conducir de Toni, otra vez como si nos estuviese acusando.

—¿Por qué, exactamente? —preguntó Toni—. ¿Por vomitar en el Vodno?

—¿Quiere un control de alcoholemia o va a seguir haciéndose el gracioso? —gritó el policía, dirigiendo la linterna a los ojos de Toni. Lo que había dicho no tenía mucha lógica, pensé. Después volvió a iluminar los documentos de los dos en su mano. Examinó el mío, en silencio.

—Spanakioska —pronunció—. Spanakioska —repitió, iluminándome la cara con la linterna.

Antes de dirigirme la luz a los ojos, pude ver su boca torcerse en una leve sonrisa. «La mujer del jefe folla, vomita y caga en el Vodno», me lo imaginé contándoselo todo a sus compañeros al día siguiente. «¡Y si vierais al tío que se tira a la mujer del jefe! ¡Un mono cubierto de mierda, literalmente! Ja, ja, ja», todos riéndose a espaldas de mi marido.

—Aquí tienen —dijo devolviéndonos los documentos—. No vuelvan otra vez por aquí. Y no coman en el Tres Faisanes. Mi cuñado también sufrió una intoxicación una vez que comió *kebapches* allí.

Luego se dio la vuelta y desapareció en la oscuridad. Un poco más abajo oímos arrancar el motor de un vehículo. No sé cómo no lo habíamos oído llegar.

Subimos al coche, cada uno en su asiento.

—Dame de esas toallitas —me pidió Toni y se puso a frotarse la cara, el cuello, las manos.

Yo también procuré limpiarme, pero el hedor siguió flotando en el aire. Ya no quedaba ni rastro de su colonia ni del aroma a lavanda del ambientador. Al encender el coche, volvió a iluminarse el salpicadero y a funcionar la radio, pero, además, se oyó un pitido y el indicador de la gasolina empezó a parpadear.

—Bueno, no nos va a dejar en medio del monte, no te preocupes —me dijo Toni con un intento de risa, pero en ese momento yo no estaba para bromas.

Lo miré otra vez mientras conducía. Qué habré visto en él, me preguntaba. De perfil parecía todavía más un neandertal. Hasta su pelo era ridículo, con un flequillo ralo y muy alto, como si su madre se lo hubiese cortado en casa. Tenía los dedos como pequeñas salchichas, de un corto antinatural en comparación con el resto del cuerpo. Mirándolo así, sentado, me di cuenta de que tenía el torso demasiado corto y que, con sus largos brazos y sus michelines en la cintura, parecía una araña. Qué habré visto en él, no dejaba de preguntarme. Ni siquiera es un intelectual, pensé. La de años que lleva trabajando sin haber publicado ni un solo estudio importante. Le salva la participación en proyectos internacionales que, al final, no brindan ningún resultado. Sentí rabia hacia mi mentora y hacia Irena, que fue la que me había inducido a creer que Toni me gustaba, porque me había hecho pensar que yo le gustaba a él. Hace tiempo que no le gusto a nadie, pensé. Tuve lástima de mí misma y se me empañaron los ojos. Y ahora, cuando Boban se entere, también él dejará de quererme, me repetía, atormentada por los remordimientos. Deseaba que Toni desapareciera para siempre. No le llega ni a la suela del zapato a Boban, mi amado esposo, el amor de mi vida, pensaba.

Paramos delante de mi casa. Toni se volvió hacia mí, con la mirada fija en el freno de mano. Se puso a apretar el botón mientras decía:

—Todo esto…, ya sabes…, mejor dejarlo así.

¡Vaya estupidez!, pensé. ¿No se habrá creído que iré a jactarme por ahí, delante de los compañeros, contando qué buen amante es?

—Mañana mismo voy a quejarme al restaurante. Han sido los hígados.

No fue hasta que franqueé el portal luminoso de nuestro piso cuando realmente me di cuenta de lo mal que olía y lo mucho que me había manchado de vómito. Entré en casa. Afortunadamente, Boban estaba durmiendo.

ÍNDICE